AF449794

9 789269 139737

النّخيلُ لا يَعرِفُ الانحِناءَ

## دار حروف منثورة للنشر والتوزيع

الطبعة الأولى

الكتاب: النخيل لا يعرف الإنحناء

المؤلف: محمد عباس علي داود

تصنيف الكتاب: قصص

تصميم الغلاف: فريق الدار

تنسيق داخلي: فريق الدار

مراجعة لغوية: محمد إمام

رقم الإيداع:2022/27777م

الترقيم الدولي: 978-9-2691-3973-7

مؤسس الدار

مروان محمد

**Website:** https://horofbooks.com

**Fan page:** http://facebook.com/herufmansoura

**Email:** herufmansoura2011@gmail.com

هاتف جوال: 00201113006296 – هاتف جوال: 00201064054995

# قصص

# النّخِيلُ لا يَعرِفُ الانحِناءَ

## محمد عباس علي داود

# النخيلُ لايعرفُ الانحناءَ

من أعلى الهضبة حيث تقف، رأته قادماً، يجر قدميه خلفه، حاملاً على كتفيه الخبر الذي تخشى منه، وبين عينيه حطام نفسه؛ أجزاءً مبعثرة بلا ترتيب، أما يداه فتدلتا تسليماً وإذعاناً لحزن تواصل، وطريق العودة المرير.

بدت الرمال ونيران من حرارة الشمس تلاحقها ملتهبة الوجنات، تزفر صهدًا  وهو يحرك قدميه بالكاد قادماً، بدا وحده والعرق وأنين الخطوات، اعتصر قلبها نبضاته ألماً وهى تراه هكذا، فارت براكين روحها، وانهمرت سيول الدمع بين جنبيها، بنظرة سريعة أحاطت الجمع حولها، العيون متسعة تتابع، الآذان مرهفة تتسمع.

الجدران التي شهدت صولاته تتربص لرؤية تهدّمه، الرمال التي دقت قدماه عليها بعزم تراه الآن بلا ريح، يتحرك كأنما بغير أنفاس، وبلا روح. عادت إليه، أشعلت نظراتها فيه نيران غضبها.

النخلة لن تنحني لريح مهما اشتدت، الهرم لن تتهدم أحجاره كأنما لم تكن من قبل، لن تصير كومة هشة من تراب يتحرك بفعل هواء واهن لاقوة له، سوف تظل تراه كعهده معها بادي التماسك لامع الحدقتين، لايتأثر بعارض مهما كان.

لايبدو منه حينما يأزمه أمر؛ إلا ذمة فمه المعهودة، وإلا قبضة يده المتكورة كلما قصد التجلد واحتمال ماتعوّد حمله من أزمات

وتصميمه وتحديه لها، سوف تسمع عبارته الأثيرة التي طالما رددها(مالايقتلني يقويني)،تابعت خطواته المتئدة وهامته التي رغم انحنائها تتجاوز الهامات وهو يقترب، يصعد الهضبة بالكاد، اعتصرت قبضتيها وهى تتشبث ببقايا إصرار لم يهرم بعد ولم يصبه الصدأ داخلها، مدت عينيها للأمام تحدق فيه، تحاصره بنظراتها وهو قادم غير بعيد حتى إذا اقترب أكثر امتصت آثار حزنها وتوارت خلف صمت لازمها مذ رأت هيأته على البعد.

اقترب أكثر.

محني الرأس والكلمات كان.

مدت يدها بهدوء واثق، رفعت ذقنه لأعلى، برقت عيناها، تسلطت نظراتها على انحناء نظراته، التهبت الأحداق، قالت في حسم: النخيل لايعرف الانحناء .

حدق في عينيها، لاشعورياً عادت هامته تعلو، نظراته تحتد، قبضته تشتد، واستدار إلى الصحراء بوجه جديد.

# حكام فرع الشجرة

علي فرع الشجرة وقفا جنباً إلى جنبٍ، هي بفستان زفافها الأبيض، فاتنة الملامح، ممشوقة القوام، وهو ببذلته السوداء الأنيقة، المفتوحة الجاكت عن قميص زاهي البياض.

الصمت سياج يفصل بينهما، بينما الساحة علي مرمي البصر حولهما خالية إلا من عويل الليل.

المدعوون صنعوا لهما محفة من حرير، طاروا بها عبر البساتين، وفوق الأشجار، بعدها جاءت التحية من فرقة الطيور الموسيقية، عزفت الحمامة مقطوعة هامت معها النفوس، وغني البلبل أغنية أسعدت القلوب، وغرد الكروان فأذهل العقول، ثم أوصلوهما إلى مدخل عشهما الأنيق.

مضي كل إلى غايته، ولم يبق إلاهما والليل وفرع الشجرة باستقامته تحت ضوء قمر يتقافز في الأنحاء.

نظرت إليه، عيناه فيهما سطور شوق مسطورة علي الضوء الفضي، فرت عيناها من عينيه، بحثت عن مأوى، كان قلبها الصغير نهراً من قلق تجاوز حد الكتمان، وبانت ملامحه علي قسماتها، سأل أخيراً:

ـما بك؟

نظرت إلى العش بجوارها، حجراته فسيحة، فرشها راق، هواؤها متجدد، نوافذها تطل علي الخضرة والسماء الزرقاء، وعيون الليل الساحرة، والقمر الدافئ بنوره الهامس بأعذب الألحان. عادت إليه:

ـ لن أعيش هنا

اتسعت عيناه، رفرف بجناحيه مراراً بقلق، قالت:

ـ انظر يمينك

ويممت وجهها نحو اليمين، واجهته لافتة بيضاء عليها خطوط سوداء عريضة مكتوب عليها:

"ممنوع الزقزقة"

مضت بوجهها إلى اليسار،رأى لافتة أخرى مكتوب عليها:

"يحذر الطيران بدون إذن"

أحنى رأسه منقبض القسمات، حكام الأشجار الذين يأمرون وينهون في ساكني الفروع يصدرون تعليماتهم، وعلى الجميع طاعتها، وإلا حُرموا من سُكنى العلالي، ونزلوا رغماً عنهم إلى الأسفل.

انتبه لعينيها تقودانه إلى الطريق، طيور محذور عليها الصعود لأعلى، تجاور الجدران، متهدلة الأجنحة، وأخرى تسير على التراب باحثة عن مأوى.

ضم جناحيه على جسده المتقازم في صمت، بينما الكلمات علي شفتيه تتراجع مخذولة مفككة وهو يحاول ربطها دون جدوى. أخيرًا استطاع أن يهمس:

- البعض يفضل البقاء

واجهته محتدة  لن أبقى

تألقت في عينيه نظرة مباغتة وهتف:

- إذا نظرنا إلى نصف الكوب الآخر لن نندم

كانت واقفة علي غصنها المورق، النسيم يزف موسيقي الحياة إليها، رغم هذا
تبدو متجهمة،  عيناها فيهما نظرات قلقة، ترمق الساحة الخالية من خلال دوامات تدور في رأسها لا تهدأ، بينما الليل حولهما وحش ينشب أنيابه في الصدور.

أدار عينيه هذه المرة هرباً من مطاردة نظراتها له، ليلة زفافهما لن تكون هانئة بهذا الشكل، الشوق واللهفة والانتظار المتأجج والنيران المشتعلة والأحلام المتألقة كل هذا ابتلعته أمواج غضبها المتلاطمة، تريد الرحيل، وهذا معناه سفر ومشقة وبحث، معناه عش جديد وعالم جديد عليهما أن يألفاه ويتآلفا معه، وجيران جدد وأشجار أخرى، وحكام أشجار آخرين قد يقبلون بهما، وقد يرفضون بقاءهما بينهم. وهما في كل الأحوال سيكونان مضطرين للإذعان، لكنه الآن لا يملك أن يتركها هكذا في أتون من نار لا تهدأ.
انتبه لصوت بكاء ينسل عبر دهاليز الصمت إلى أذنيه، التفت إليها، قرر التحرك فوراً، أغلق أزرار جاكت بذلته وفرد جناحيه وامتطى

9

متن الهواء، وهي إلى جواره تكفكف دموعها راضية بالقرار الذي سعت إليه.

طال بهما البحث حتي استقرا علي مكان يصلح لما يريدان، شجرة تستحم بضوء القمر، أطرافها عفية وجسدها سارح، تصلح عشاً للغرام ينعمان فيه بما ينشدانه من راحة.

هبطا يلتقطان أنفاسهما والنشوة تزغرد في العيون، أدارت عيني السعادة في المكان وهي تفرد فستانها، وتضبط طرحتها ناظرة إلى القمر، تري وجهها على صفحته استعدادًا لبدء مراسم الزفاف، امتقع وجهها وهي تهمس له:

ـانظر يمينك

رأي لافتة مكتوباً عليها:

‏‏‏"احذر رصاص القناصة"

هرب منها إلى إليسار، طالعته لافتة أخرى:

"انتبه للقنابل الحارقة"

عاد إليها
بوجهه الممتقع وعينيه الفزعتين، وقبل أن ينطق بحرف رآها تفرد جناحيها وتنطلق، أطلق صوته خلفها:
ـإلى أين؟
ردت وهي منطلقة بأقصى سرعتها:

ـأبحث عن نصف الكوب الآخر الذي حدثتني عنه

# الوصية

تقدمت الأحذية بقوة، دفعت الباب بعنف، ارتطم بالحائط، اهتز بقوة قبل أن ينهار في مكانه، تدفقوا إلى الداخل، تكاثروا وأحاطوا بالجالسين...

كان أبي يمد يداً حَذِرَة إلى كسرة الخبز أمامه، يقطع منها لقمة صغيرة يغمسها في طبق العسل الأسود، وباليد الأخرى يتحسس طريقه أسفل اللقمة خشية أن تقع منها نقاط على الحصيرة، بينما أمي في الناحية المقابلة من الطبلية تعجن الجبن القديم بلقمتها، تفرده في قاع الطبق، تزيد من مساحته ليكفي عشاءنا، وتمسح اللقمة في الحافة قبل أن تلقي بها إلى بلعومها، وأنا في الوسط بينهما أقضم لقيمات عَجلَى من الجبن استعداداً لكي أستدير إلى العسل.

ووجدتهم فوق رؤوسنا.

الوجوه الغليظة بعيونها النارية تحيط بنا.

مد أبي يديه حوله، مط وجهه إلى الأمام صارخاً:

- إيه ياولاد؟

ألقت أمي باللقمة التي كادت تغوص في بلعومها إلى الطبق ورفعت يدها كمن ضُبِطَ متلبساً بالسرقة:

ـ الحقنا يا أبو حسين

سألني أحدهم بعد أن قيدني رجاله وشلّوا حركتي: أنت حسين؟

صرخ أبي وهو يتحسس المكان حوله قائماً من الطبلية، ماداً يديه أمامه، نظرت إلى وجهه الممصوص وكفي يديه المعروقتين، تركته إليهم، أكفهم الواحدة منها تزن طناً، انتبهت لأمي تصرخ، زمجر كبيرهم، دفع الطبلية بقدمه، تطاير العسل الأسود ووقع فوق الجبن القديم على الحصير وضاع العشاء.

بكى أبي، ظلت أمي على صراخها، بينما العسل والجبن على الحصير.

على ذات الطبلية جلست أتحسس مكان كسرة الخبز، أقطع منها لقمة صغيرة، أبحث عن بقايا العسل الأسود في القاع، بينما زوجتي تجلس أمامي، بيدها كسرة خبز أخرى وقطعة جبن قديمة صغيرة الحجم، تهرسها بلقمة تمسحها في حافة الطبق قبل أن تلقيها إلى بلعومها، وبيننا جلس ولدنا الشاب يأكل الجبن وينتظر العسل، حينما فتح الباب عنوة، ارتطم بالجدار قبل أن يتهاوى، تدافعت الأحذية الثقيلة إلى الحجرة، أحاطت بنا، مددت يدي أمامي وأخذت أمط وجهي للأمام صارخاً :

ـ إيه ياولاد؟

قيدوا ولدي، شلوا حركته، تحسست عينيّ الممسوحتين بحسرة وصراخ أمه يهز الجدران، انتفضت واقفاً أحول بينهم وبينه،

دفعني أحدهم في صدري بحذائه الغليظ، انقلبت على ظهري فوق الطبلية، طار العسل ليختلط بالجبن القديم فوق الحصير، حملت جزعي وهممت بالقيام ثانية، خذلتني ساقاي، جلست إلى جوار الجدار أرزح تحت ضعفي، بينما زوجتي لا تهدأ.

قليلاً وتذكرت حفيدي، ناديته وأنا أدور بوجهي متلهفاً، أتحسس صوته بأذني:

- نعم ياجدي

مددت يدي إليه، اقترب مني، أمسكت بيده وأخذت أوصيه بما لديّ

# القصاص من إصبع

صدقوني

رغم أنني مقتنع تماماً بما فعلت إلا أنني لم أقصده.

لقد جاء عفو الخاطر.

لم أفكر لحظة ـ أو حتى أقل من لحظة ـ في عواقبه.

رأيت الرجل شديد عبوس الوجه إلى درجة تداخل ملامحه في بعضها، أشار ورقبته تبرز من أعلى قفصه الصدري كسلحفاة بإصبعه السبابه إلى الخارج، شعرت بشعور غريب وأنا أرى الإصبع في فضاء الحجرة صلداً متعجرفاً، كانت له هيئة حادة بارزة تحمل معاني الإزدراء، تعجبت أن يكون لإصبع ما كل هذا التأثير، رأيت أن هذه فرصة رائعة، لحظة فريدة، قررت لاشعورياً أن التقطها، وفعلت!

صدقوني

هي الظروف وحدها التي صنعت هذا،تكاتفت مع المشاعر التي تولدت في تلك اللحظة فكان ماكان .

لقد بدأ الأمر مثل أي شيء عادياً جداً، وقفت أمام باب الحجرة أرقب المكتب الرفيع الفخامة منتظرًا أن يتفضل سيادته برفع رأسه ليراني، طال وقوفي، عدت إلى السكرتير بالخارج، همس :

- سعلة خفيفة تنبهه إليك

- قد يكون مشغولاً
- هو الذي طلبك

عدت إلى الداخل من جديد، سعلت سعلة خفيفة، بنصف رقبة أو أقل قليلاً ودون أن ترتفع رأسه عن الأوراق أمامه أشار بإصبعه السبابة إلى الخارج.

حدقت في شعر رأسه القليل الذي يخالطه البياض، بالصلعة في منتصف الرأس، وهو يرتكز بمرفقيه على الأوراق أمامه على مكتبه، منهمكا في الفحص والتنقيب، مشيراً بإصبعه إلى الخارج دون أن يكلف نفسه مشقة النظر إليّ. تقدمت قليلاً إلى الأمام في هدوء وأنا أحاذر أن يصدر عنى صوت يبعثر انتظام الصمت في المكان، انتهزت فرصة ارتفاع جفنيه قليلاً عن الحدقتين وقلت هامساً :
- حضرتك طلبتني؟

لم يدعني أكمل، فتح الفم، تدلى اللسان، وانسابت الألفاظ وأنا أمامه أرنب صغير ينكمش في نفسه وهو لايملك إلا الحيرة والصمت.

عاد إصبعه يرتفع من جديد، شدتني طريقة تسديده نحو وجهي، رأيته متعجرفاً،ممطوطاً،متضخم الحجم لايتناسب وحجم صاحبه، اندفعت إليه محاولاً الإمساك به، هذا الإصبع هو سبب كراهية

الموظفين له ونفورهم منه، لابد أن أخلصه منه، صرخ الرجل وهو يظنني أريده هو،أخذت أهدئ من روعه قائلاً:

- سأخلصك منه.

وأنا أحاول الإمساك بالإصبع، دون جدوى، حتى فوجئت بمن يقيد حركتي، سألتهم :

- ما الأمر؟

- اعتداء على شخصية مهمة

صدقوني لم أقصد هذا، لقد أردت صالحه.

على كلّ، هو الخاسر مادام هذا الإصبع معه!

# الجبل

رأى الشيخ الجمع مكتملاً،النهار في أوله، والشمس في قبتها عالية الجبين، بينما الجبل هناك بصخوره ومنحدراته وجمود هيئته يزرع في القلوب مهابة منه ومن خطورة تسلقه، سأل ولده حمدان مشفقاً:

-	لماذا تغامر بحياتك؟

الحوادث القديمة التي يحكونها عمن حاولوا تسلقه من قبل؛ تُخمد شعلة الحماس في القلوب، شباب القرية محاولاتهم لم تتعد دروبه وكهوفه وبعض درجاته القريبة دون أن يفكر أحدهم في محاولة الصعود، يقينهم أن الهلاك مصير من يفعل هذا، هكذا علموهم وقيدوا خيالهم فلم تعد أحلامهم تستطيع المخاطرة خشية الموت، حتى جاء يوم أمس وهو اليوم الأسبوعي الذي ينعقد فيه سوق القرية، يوم تحشد فيه سكانها لبيع وشراء مايلزمهم، يأتي التجار من المدينة بكل مايرون أن القرية بحاجة إليه وسيعود عليهم بالمكسب، خاصة أن المسافة بين القرية و المدينة طويلة، ومعظم أهل القرية يفضلون البقاء وانتظار يوم السوق توفيراً للجهد وأجرة السفر أيضاً، لذلك تزدحم الطرقات بالباعة متجاورين وكل ينادي على بضاعته، بينما الزبائن يدورون هنا وهناك باحثين عما يحتاجون إليه.

سوق آخر في الساحة الواسعة بالقرب من مدخل السوق الكبير، لكن ليس للبيع والشراء بل للتنافس بين الشباب، يتنافسون في التنشين وألعاب القوى والسرعة وماإليها من ألعاب.

وقف حمدان ابن الشيخ بالأمس متفرجاً على مباراة مصارعة بين أخيه وسليم ابن العمدة عثمان، رأى أخاه ينهزم، طلب سليم منافساً أقوى وهو يرميه بنظرات التحدي.

أعرض عنه، فإذا بالنظرات المحيطة به تلتهمه، نظرات متهمة عابثة مما دفعه للتقدم نحو الحلبة هادئاً مطمئناً ورفع يديه طالباً من الجميع الصمت ليتكلم:

ـهذا الصراع لايعجبني

صمت قليلاً متفرساً في الوجوه باحثاً عن أثر كلماته بينها، ثم أكمل موجهاً كلامه لسليم المتحفز للصراع :

ـ أتحداك أن تصعد الجبل

ارتفع أكثر من صوت مستنكراً ماقيل، ذاكراً في ذات الوقت ما أشيع من استحالة المحاولة لخطورة النتائج:

ـ وهل تستطيع أنت؟

رمى سليم أمامه بنظرات حديد موجهاً كلامه للجميع :

ـ سأصعد غداً.

تعالت الأصوات بردود أفعال متباينة مابين التأييد والرفض، وذهب البعض إلى اعتبار ماقاله فورة شباب ماتلبث أن تنتهي بمجرد

18

اقترابه من الجبل ومواجهته لوقت الجد، وربما سيأخذ القرار سريعاً بنسيان الأمر تماماً حينما يردعه أبواه، الشيخ لن يقبل أن يورد ولده حمدان نفسه مورد التهلكة.

لكن شعلة التحدي في عينيه وعلامات التصميم على سحنته كان لها رأي آخر خاصة أن سليم تحداه أن يفعلها ناذراً إذا فعلها أن يدين له بالطاعة أبد الدهر.

اجتمعت القرية في باكورة الصباح مابين كثرة كاسحة مشفقة من المخاطرة ومابين قلة من الشباب مؤيدين للمحاولة، يرون في حمدان تجربة إن فشلت فلا تثريب عليهم وإن نجحت فهذا إيذان بالتكرار.

تقدم الشيخ من حمدان ولده وهو يرمق الجبل الواعر من تحت أهدابه الشائبة بإشفاق:
ـتهلك نفسك بيدك؟
أحنى حمدان رأسه أمام أبيه وقال هامساً :
ـأعبر حاجز الخوف
ـمغامرة مصيرها الفشل
ـوقد تنجح
ـلن يدفع الثمن سواك
ـولن يتذوق طعم النجاح سواي
ـرفقا بأبيك وأمك ولاتفجعنا فيك ياولدي
ـالفجيعة أن يبقى الخوف و لانمتلك إزاحته.

وانطلق للأمام .

# الشبيه

شيء ما في هذا الرجل جعله ينجذب إليه، يحنو عليه، ويترفق به، يأمر كاتبه بإغلاق دفتره لكي يتباسط معه بعيداً عن قيود الوظيفة وروتين التحقيق.

وجه هذا الرجل منحوت من تربة قريته، من طينها وصبغة قمحها وملامحه كأنما هي توءم ملامح والده.

شيء ما يجبره كلما رآه أن يقف له هو الذي لا يقف لأحد ووظيفته تجعل الجميع يقفون له ويأتمرون بأمره ويسمعون له، وكلمته كوكيل نيابة لها قدسيتها فهي التي ترفع أناساً وتخفض آخرين، تمنح البراءة وتلقي بالتهم، تمضي كسيف على الرقاب مسلط لا تملك له إلا الطاعة مهما قال.

ورغم هذا حينما جئ بهذا الرجل مُقيداً بالأغلال ليقف أمام بابه محني الظهر والروح مقعياً على الأرض وبجانبه حارسه الغليظ ورآه على البعد انتبه له، توقف أمامه، أمر الحارس بفك قيوده وطلب منه الوقوف، همس الحارس في أذنه مرتعداً:

ـ قف انتباه لسيادة الوكيل

تصلب جسد الرجل في وقفته وحاول أن يرفع عينيه إليه لكنه لم يستطع فظل في انحناءه روحه مستسلماً لا يمتلك إلا نبضات مرتعدة وصمت مقيم، قال وهو لا يفلت الرجل بنظراته

ـ ماله ده؟

موجهاً كلامه للحارس:

ـ خناقة يا فندم، جرح جاره.

ـ هاته وتعالى

فتح الكاتب دفتره استعداداً لتسجيل التحقيق، أمره بإغلاقه والجلوس صامتاً لحين يأمره بالكلام وتوجه إلى الرجل:

ـ اسمك إيه يابا؟

ـ محمد يا سعادة البيه

هزة خفيفة اجتاحت روحه وهو يهمس لنفسه نفس اسم أبي ونفس ملامحه، هل عاد ثانية للحياة؟

ـ محمد إيه؟

ـ محمد عبد الرحمن

تنفس الصعداء، أخيرًا عثر على اختلاف يؤكد ما تناقله الأقدمون باستحالة عودة الميت للحياة

ـ لماذا ضربت جارك؟

أخذ الرجل يشرح له وهو في متاهة المراقبة بعيداً عن الكلمات والحروف والتبريرات المعتادة مبحراً في مقارنة مستمرة بين مخارج ألفاظ هذا الرجل وألفاظ أبيه وطريقة روايته للأحداث

21

وتبريراته البسيطة مثله، هو أيضا كان فلاحاً يرتدي جلباباً أزرق متآكل الياقة ولا يمتلك إلا بساطة الروح ونقاء القلب.

ـ انتظر يا راجل أنت

ـ حاضر

ـ أين جارك؟

ـ يقف بالخارج، يعرف الحارس ولهذا فك القيود من يده

أمر بإدخال الجار، حدق في وجهه متذكراً جيرانهم من عائلة السلاموني، كانت عائلة كبيرة، رجالها كثيرون، وكان أبوه عوداً في حزمة فكان لا يمتلك إلا الصمت متعللاً بحسن الخلق تارة وبحقوق الجار أخرى وهو في قرارة نفسه يخشي التعرض لهم بكلمة حتي لا ينال ما هو أكثر من الكلمات، حتي حينما كان أولادهم يتعاركون مع أولاده كان دوماً يهون من الأمر راضياً بالتصالح مهما كان ما وصل إليه العراك.

تنهد طويلاً وهو يحدق في الجار الخشن الملامح قبل أن يسأله:

ـ لماذا ضربت جارك؟

اندفع صوته خشناً ينثر الكلمات ذات اليمين وذات الشمال، أشار إليه بالسكوت فلزم الصمت.

حدق في وجهه عابساً:

ـ هذه المرة سأسامحك، وستخرج منها سليماً، لكن ستكتب تعهد بعدم التعرض لهذا الرجل ثانية، أنت فاهم؟

ـ فاهم

استدار إلى كاتبه آمراً:

ـ اكتب عليه تعهد ودعه يوقع عليه

ثم إلى محمد عبد الرحمن شبيه والده:

ـ لو كلمك تاني تعال، يا والدي.

# بداية النهار

في صباح ذلك اليوم أشرقت الشمس فجأة بعد غياب، عرف بيتنا للمرة الأولى منذ شهور نور بسمة أطلت خَجلَى على وجه ابني إبراهيم، رغماً عني تبسمت له، يسعدني دوماً أن أراه منفرج القسمات، ففي تلك الحالة يحمل الجميع الابتسام، لا أعرف هل هو اقتداء به أم هي عدوى أم ماذا، واذا انقبضت ملامحه لسبب ما أو التزم الصمت لضيق ألَمّ به يلتزم الجميع لحظتها الصمت، تتنقل بينهم الكلمات بالكاد، وربما تأججت النيران من حرف مشتعل تلفظ به هذا أو ذاك.

ولأنني منذ لازمت الفراش أجلس في حجرتي طول الوقت؛ ليس لديّ ما أفعله إلا النظر عبر الباب المفتوح إلى وجوه العابرين أمامي؛ ومراقبة تعبيرات تلك الوجوه؛ والتقاط ما أستطيع التقاطه من العبارات المتطايرة؛ أقوم بتحليل الأمور وأصل إلى نتائج شبه يومية؛ أقوم بالتأكد من صحتها عن طريق مناقشات عابرة مع كل منهم حينما يدخل حجرتي، إما للاطمئنان عليّ مثل ولدي إبراهيم وزوجته؛ وإما أحفادي وخاصة الصغير محمود صاحب اللسان المنطلق؛ الذي لايقيده لجام؛ والذي أصبحت لا أستغني عن صداقته قط؛ فهو يمنحني مشاعر الصداقة كما لم أعرفها من قبل.

ربما لأن صداقته لونها الأبيض مايزال ناصعاً لم يتلوث بعد؛ يدخل حجرتي صباحاً وأنا مازلت راقداً؛ أعرف أنه هو من وقع خطواته؛

ومن طعم رائحته في أنفي؛ ومن طريقة فتحه للباب، أغمض عيني متعمداً، يهرول نحوي، يلقي التحية تحريرياً وشفهياً معاً كما تعودت منه، أما التحريري فهو قبلة على خدي يعقبها الشفهي:

-   صباح الخير ياجدي

أفتح عيني:

-   صباح الخير ياصاحبي

يقول مالديه، أناقشه جاداً، وأحاوره في أمور شتى، تصرخ أمه طالبةً منه التحرك فوراً للذهاب إلى المدرسة، يختطف قبلة من خدي باسمة وهو يقول بلسانه الصغير:

-   مع السلامة ياصاحبى

يرتفع صوتي خلفه:

-   مع السلامة ياصاحبى

لكنه انقطع عني منذ زمن، تعب قليلاً، ذهبوا به للمستشفى، من يومها لم يعد يدخل عليّ صباح كل يوم قبل أن يذهب إلى المدرسة كما عودني، ولم أعد أراه بعد الظهر، سألت عنه مراراً، قيل أنه أصر على السفر مع أخيه في عمله البعيد، ولأنني في جلستي تلك بالحجرة اعتمد على عينيّ، أرى بهما الوجوه المارة والتقط الكلمات المتطايرة عرفت الحقيقة وبكيت، تزاحمت أحزان العمر على صدرى، رأيتني بكل ما لديّ من عمر أبكي كما لم أبك من قبل، ملأت الدموع جوانب صدري دون أن أمتلك القدرة على البوح بها، أو إظهارها فوق عيني.

احترمت صمتهم وكتمانهم الأمر عني خشية تطور مرضي، ومحاولتهم إخفاء وجوههم الحقيقية خلف أقنعة تحمل ابتسامات زائفة، خاصة إبراهيم ولدي الذي كان يهرب بعينيه من عينيّ، حتى كان اليوم وأنا أجلس إلى جوار النافذة صباحاً، أقرأ النهار من لون السحب، أتأمل نور السماء، قابعاً في بؤرة صمت جرداء، بينما السؤال اليومي الذي يصاحبني هذه الأيام يمر بمخيلتي كعادته متمهلاً : هل يقدر لي أن أرى بداية النهار غداً أيضا؟

لحظتها دخل إبراهيم حاملاً ملامحه التي تفيض بالبشر، سألته:

- مابك؟

تهلل وجهه:

- رأيت محمود في المنام

بكيت!

# وكالة المنشاوي

اقترب سعيد من الحارة ليلاً، عانق صمتها، غفوة مبانيها، وظلمة أركانها، فكر أن يقترب أكثر، خشي أن يراه أحد، اكتفى بتشمم ريحها على البعد، لم يكن الوحيد الذي تركها، لكنه الوحيد الذي لايملك حق الرجوع إليها جهاراً كما يفعل الآخرون، الكل يتربص به، ينتظر رؤيته لينال عقابه الذي يستحق، هو الذي خان الأمانة.

عمل في وكالة المنشاوي مع إخوته وأبناء عمومته، الرجل المنشاوي الكبير الذي اكتفى في أخريات أيامه بالجلوس أمام الباب الخشبي العتيق للوكالة والنرجيلة أمامه يسحب منها بالكاد أنفاساً أقل بكثير من كمية السعال الذي يجاهده، ويرسل نظرات كليلة إلى الداخل والخارج محاولاً أن يواصل مشواره الذي امتد لأكثر من خمسين عاماً مضت.

كان فيها الحاكم بأمره للمكان وللحارة أيضاً إذا صح القول، فالمال لديه والعافية وحب الجمال، والصبايا الحسان يملأن الحارة ويعانين الفقر ويتمنين إشارة من يده التي لاتهدأ لها إشارات، وكله بالحلال، فهو قد فتح الله عليه ورزقه من وسع كما يعترف دوماً عاهد نفسه ألا يمس امرأة إلا بما حلل الله، حتى رأى إحداهن تدخل الحارة يوماً ملتفة بضوء الشمس الذي أعطاها روعة شدت عينيه وقلبه، فألقى مبسم نرجيلته وعيناه لاتملكان التحول عنها.

دخلت بيت السيد رشاد النجولي، رفرف قلبه صارخاً لغيابها، نادى أحد صبيانه، همس إليه ببضع كلمات غاب على أثرها داخل البيت وعاد إليه بالخبر اليقين، قال إنها كريمه بنت النجولي من زوجته

الأولى، متزوجة ولم تنجب بعد، كان أبوها يزورهم ولما مرض اضطرت هي للمجيء للاطمئنان عليه، هب المنشاوي واقفاً ومضى إلى البيت، فار النجولي من الدهشة وهو يراه أمامه سائلاً عن صحته، ولم تمض أشهر قليلة حتى كانت كريمه في بيته.

تطايرت الكلمات في سماء الحارة عن فارق السن وعن فتوة الشباب ووهن الغروب، لم يثنه هذا عن غايته، واختار من صبيانه سعيد الذي رأى فيه شاباً يحمل البراءة والأمانة والطاعة التامة وقبل هذا وبعده العين المنكسرة التي لاتتطلع إلا إلى أسفل قدميها وأمره أن يعودها يومياً من الباب، لايدخل الشقة لأى سبب كان، يلبي طلباتها ثم يرجع إليه ليعطيه التمام ويعود لعمله، غير أنه فوجئ كما فوجئت الحارة باختفاء الاثنين، اعتل المعلم من الصدمة واعتقله الحزن، أقسم أهل الحارة أن ينتقموا له إذا عثروا يوماً على أحدهما أو كليهما...

وقف سعيد على رأس الحارة ليلاً، طالت وقفته غير أنه لم يتراجع، كان فقط يرجو ألا يراه أحد حتى يصل إلى بيت المعلم المنشاوي، طرق الباب، فتحت له إحدى بناته، قادته بهدوء إلى حجرة أبيها، دخل متمهلاً، قبل يده، قال بعد أن أمره بالجلوس :

- لماذا أمرتنى بقتل كريمة والاختفاء عن الأعين؟

أشاح بوجهه عنه، كانت كريمه ماتزال ماثلة لعينيه وهو يراها في وضع لاتراعي فيه عهد ولادين مع طليقها الأول، لذا أمر سعيداً أن يفعل فعلته ويتوارى عن الأعين حتى يظن الناس أنها هربت معه.

أعاد سعيد السؤال، برقت عينا المنشاوي الكبير، أشاح بيده غاضباً:

- امش الآن

وهو يلقي إليه برزمة مالية مدممة الحواف.

# أمي

يأخذني تعبير جديد ألمَّ بوجهها حديثاً، مزيج من ألم وخوف وأمل وضراعة، ونداء بطلب المشاركة الوجدانية ولو بكلمة، عيناها فيهما لهفة إلى رؤية كلمة حانية، نظرة تعاطف، إحساس يتعاطف مع ألمها، تأخذني اللوحة الإنسانية بعيداً عن مرضها الذي باحت بسره، الآن فقط يمر بخاطري سؤال لا أعرف من أين أتاني:

ـ لماذا يختار المرض ضحاياه بعضاً دون الآخر؟

يحضرني البيت الشهير للمتنبي جواباً لهذا، على قدر أهل العزم تأتي العزائم.

- محمد، أنا خائفة.

أعود إلى عينيها، ما بين لحظة وأخرى تتبدل حالة الوجوه، تتغير الملامح في ثانية أو أقل، تذبل السمات ذبول الوردة اليانعة، ويتحول التألق إلى انكسار، يلبس المريض بمجرد علمه بمرضه ثوب المرض فوراً، تكتسي ملامحه وروحه بكساء المرض، تتغير نظرته إلى الوجود من حوله، يرى بياض النهار سريراً يحتوي مرضه، وسواد الليل سميراً لروحه وعذاباتها.

- مم تخافين؟

أبذر حولها كلمات أعرف جيداً أنها تحفظها، أنسج بردة من تعاطف وتراحم حولها، مهوّناً من أثر الصدمة التي خلَّفها عِلمها بخطورة مرضها، وجهها المغضن بالألم والخوف يبتسم، يرتسم في ثنايا تغضناته فرح مغلف بمشاعر حياء طارئة كأنما المرض شيء تخجل منه.

- أماه.

تحدق عيناها شاردتين في وجهي، أعرف أن اللحظة غير مواتية إلا لمزيد من كلمات المشاركة، أبتسم لها، تسدل جفنيها حائلاً بيني وبين أغوار عينيها وما خلف نظراتهما من قلق وحيرة، المرض معناه مستشفى وتحاليل وأشعة وانتظار النتيجة، وياله من انتظار، وفوق هذا تكلف الهدوء في وقت تعتصر رياح القلق فيه القلب، أعرفها جيداً، كم رأيت القلق في طيات نظراتها ولمسات يديها وأحدنا مريض، أنا أو أحد إخوتي، وكم قالت ما قلته لها الآن مراراً وتكراراً، الجديد أنها الآن هي التي تحتاج لهذا، خصوصاً في تلك السن ومع هذا المرض، مؤكد لن تستطيع القيام، قيود المرض ستعوق حركتها، وعليّ من الآن أن أقوم عنها بقدر ما أستطيع.

بدت الشمس من خلف زجاج النافذة المغلق حاملة رداءها الأرجواني مغادرة في رفق ودون كلمة وداع، تفجرت المشاعر في صدري، أمي سيأخذها المرض بعيداً، سيسرق روحها منا، أمسكت بيديها بللتهما بدموعي، تبسم الألم على محياها، مسحت خدي برفق وهي تهمس في وهن الضعف: لا تقلق.

ارتميت على صدرها بقوة، احتضنت روحي كعادتها، ربتت على ظهري بيد حنانها، فجأة دفعتني عنها برفق هامسة : عليّ أن أجهز الطعام الآن، إخوتك قادمون.

# نخلة أبي

لم أسمع أبى يغني وهو يزرع شجرة الليمون هذه  في حديقتنا، لم أره يترنم كما يفعل الآخرون بحلو الكلمات أو بجمال اللحن، كان فقط مشمراً ذراعيه باسقاً كنخلة شماء لها قدمان تتحرك بهما فوق النجيلة وبين الأشجار في يسر، رابطاً ذيل جلبابه حول وسطه حتى لايعوق حركته، مكتفياً بالسروال الواسع الذي يصل إلى كعبيه وهو يتنقل من بقعة إلى أخرى مزيلاً الحشائش ومشذباً الفروع وهو يطلق  من عينيه المتسعتين  حمامات بيضاء تطوف حول الأشجار مغردة بأرق الألحان.

لم تكن شجرة الليمون هذه فقط التي رعاها أبي واهتم بزراعتها، أشجار الحديقة كلها كانت نتاج جهده وعرقه الذي كانت  تتألق حباته بلمعة لاتخطئها عين على جبهته، هابطة في تراخ حالم على وجهه ورقبته، وشامخة على يديه العاريتين حتى الرسغ، يداه تلك اللتان كانتا كلما نظرت إليهما أرى تفرعات خضراء مرسومة فيهما تبدو لي نخلة فروعها تمتد على براح جسده.

نخلة أبي كان يرويها العرق المعتلى ساعديه، وكانت تتميز بقدرتها على الحركة تنفرد وتنطوي كيف تشاء، تعطي مثل بقية النخيل لكن ثمارها ليست بتمر.

لم تكن شجرة الليمون وحدها التي رعاها أبى؛ لكنها كانت بالنسبة لي أهم مافي حديقتنا لأنه أهداها لي بمناسبة نجاحي، حدق في وجهي يومها باسماً:

- تعال يانور

ومد يده العملاقة فاحتوى راحة يدي، مضى بي إلى فسيلة صغيرة في ركن صغير بآخر الحديقة، يومها رأيت عينيه تطلقان ألق نظراتهما وقد انبسطت في براحهما بسمتة، بدت النظرات في براح المكان نخلتان باسقتا الفروع تظللانى برفق ومحبة، وصوته يتهادى مع دفقات نسيم ناعمة:

- هذه شجرتك، عليك أن ترعاها...

لم تكن فرحتي بشجرتي الجديدة أقل من فرحتي بالنجاح، رباط ما ربط بيننا أنتمي إليها كما انتمت هي إلي فأقرب منها مهتما بأمرها، أسأل عن مواعيد ريها وكيف ومتى يمكنني تشذيبها، ورغم الأشواك المنتشرة على فروعها لم أجفل منها، فهي في كل الأحوال شجرتي.

وهي أيضاً لم تكن مثل بقية الأشجار تلتزم الصمت أو تميل إلى الهدوء والسكينة خاصة وهي تراني أقف أمامها، بل كانت شقية لاتهدأ حركتها، أشواكها الإبرية كثيراً ماكانت تتصيدني، أتألم فتضحك، وإذا ابتعدت أرى صفرة ثمارها تعلو ضحكتها معتذرة، أو خضرة أوراقها يرتفع نداؤها مراوداً فأعود من جديد، أنزع الحشائش من حولها، أحاول أن أشذب فروعها المترامية محاذراً من أشواكها.

أدقق النظر في حباتها الصفراء الناعمة الشامخة فوق فروعها كالنجوم التي تضوي على البعد في دجى الظلمات، وأسعد كل السعادة حينما تطلب مني أمي إحداها، أهرول نحوها، اقترب منها، أدور حولها، تعلو ضحكاتها فتملأ من حولي المكان مرحاً وتصبغ لونه بلون الفرحة الصفراء الناصعة أو الخضراء الحالمة وقد تقبل العصافير بشدو يملأ الفضاء حولنا، تدور دورتها في الحديقة تشاكس شجرة وتمازح أخرى

فأشعر حينها بأنني قد صرت رجلاً كبيراً تتهلل الحديقة لرؤياه كما تفعل مع أبي، لحظتها كنت أحدق في ذراعي باحثاً عن نخلة تتخلل فروعها خلاياي وأوردتي مثله تماماً.

# بيت النخيل

نخلتان شامختان في بيتنا، متجاورتان، خيرهما لنا أكثر من أي شيء.

كنا نتفيّأ ظلالهما، ونسعد بالالتفاف حولهما، خاصة في مثل هذا اليوم يوم العيد، تهاوت الأولى بموت أبي، اهتز البيت كثيراً، غامت سماؤه، وقصف رعده، واشتدت ريحه، غير أن النخلة الثانية كانت كفيلة أن تصمد، وتصد عنا ماقد يصيبنا في صمت النبلاء، دون حتى أن تذكرنا بأنها تشكو، أو تئن، أو تعاني ضعفاً لشيخوخة، أو ألماً لمرض، كان أبي بهلة وجهه التي تمنح النفس الأمن والسلام، يحمل أينما حل ابتسامة هادئة بخطواته البطيئة وجسده النحيل.

نلتف حوله، نضحك معه، نسامره، نسمع منه وهو يقص علينا حكايات الرسول عليه الصلاة والسلام، وجهاده لتنفيذ ما أمره ربه به، متحدياً في هذا الصعاب والإحباطات والآلام، يعبس وجهه وهو يمر على آلام الرسول، خاصة يوم خروجه وهجرته من مكه، وكذلك يوم الطائف، ويبتسم وهو يتحدث عن علاقاته بأصدقائه ومريديه، وكم كان رؤوفاً بهم ورحيماً، ثم يعرج على أسباب نزول السور القرآنية، ودلالات كلماتها، وتفسيرها، فنصمت راغبين في المزيد، وحينما تهاوت النخلة العتيقة ورأينا أبي يمضي ذات ليلة وهو في مصلاه ساجداً سجدة لم يقم منها.

رأينا ظل أمي يجمعنا، يضمنا ويمنح قلوبنا الصغيرة الدفء والحنان، لم تكن أمي تتكلم كثيراً بلسانها، كانت تميل إلى الصمت أكثر، لكن أفعالها كانت تتكلم عنها، وحتى صمتها كان بوحاً من

نوع خاص، ينفذ إلى قلوبنا فيشعل جذوتها المقدسة بمزيد الحب، فنسعد بنخلتنا العتيقة، ونرى أنها الكون بالنسبة لنا، غير أنها مثل كل شيء جميل في الحياة قررت الذهاب.

ذات صباح رأينا وجهها يشرق بالنور وهى تهمس في حنوٍ أنها ستلحق بأبينا، دعونا الله كثيراً أن يحفظها لنا، ويشفيها من أسقامها، غير أن القدر قال قولته وأفلت نور الأمومة من بين أيدينا، رأينا البيت بلا ظلال وبلا ثمار، تأكل جوانبه الريح، وتنخر الدموع والآلام في بنيانه، كل منا أخذ ركناً صنع فيه دنيا تكفيه، راضياً من أشقائه بكلمة عابرة أو نظرة لاهية، دون أن يفكر في الاقتراب منه لعلهما يصنعان نخلة جديدة تمتلك القدرة على مجابهة الرياح من جديد.

نتلاقى في ساعة الطعام، نجلس سوياً، نتحدث في أمور عامة، وتعود القلوب إلى غربتها من جديد، اليوم أتى العيد متشحاً بألوان غائمة، وعلى ضفاف عينيه دموع كثار، ذاك هو العيد الأول بعد الرحيل، خرجت من حجرتي التي كانت مغلقة منذ قليل، الحجرات الأخرى مغلقة ماتزال، والعيد يدور في الردهة باحثاً عن قلوب ترحب به، أو تشعر بوجوده، دون جدوى، أنا الأصغر رأيته وشعرت به وبما يدور في رأسه من أفكار، قررت أن أساعده.

دققت الأبواب حاملاً كلمات أبي ومرحه وأحاديثه الدينيه وبخاصة الرحم المعلقة بساق الرحمن، وقوله لها سبحانه ألا يرضيك أن أصل من وصلك وأقطع من قطعك، وأيضا حنان أمي ودفء حضورها، فُتحت الأبواب على الدهشة، غزاها صمت العجب بداية، ثم مالبثت أن قابلت العيد مرحبة به، جلسنا معاً، تبادلت القلوب المحبة، بزغت في بيتنا نخلات جديدة، صحيح أنها لم تكن في ارتفاع قامة نخلتينا الرائعتين لكنها كانت كافية لتجمعنا وتظلل علينا أيضاً.

# بيتنا القديم

على باب العمارة وضع ساقاً على الأخري؛ أحنى رأسه على صدره وراح في تعسيلة اعتادها حديثاً ولم تكن له من قبل، وجهه المغضن برتوش أيامه لم يظهر منه إلا العمة التي كانت بيضاء ذات يوم، بينما فردة حذائه الباهتة السواد التي ثنى كعبها فصارت كالشبشب ناعسة هي الأخرى بجوار أختها أسفل قدمه الأخرى.

قلت لنفسي وأنا أتابعه بعيني: هو وحده الذي أريده؛ وهو وحده الذي أعرفه؛ وأرجو أن يعرفني هو أيضاً.

ـ عم محمد

اقتربت منه وربت على كتفه مترفقاً، بهدوء رفع رأسه، صبغة الشيب أحالته شخصاً آخر لولا بقايا من روحه القديم، عيناه ضاقتا، لونهما تحول إلى رمادية أو ربما بنفسجية باهتة؛ وصدغاه الممتلئان اللذان كانا يمنحان وجهه دوران وطلة القمر بلونه الأسمر غارتا إلى الداخل ربما بفعل خلو فمه من الأسنان.

ـ من؟

ـ أنا محمود صالح

ـ أهلا بك، خير

حدقت في عينيه علّه يبادلني التحديق فيتذكرني ويكفيني مؤنة تذكيره بنفسي، لم أر منه إلا نظرات محايدة ربما كان لايقصد توجيهها لي أصلاً.

مر بخاطري لقب كان يطلقه عليّ قديما وأنا ألعب بالدراجة أمام البيت منذ سنين طوال، حودة الجن، كنت أقف على المقعد بقدمي والدراجة تجري بسرعتها؛ ثم أعود وأقفز جالساً على المقعد، أبدل قليلاً ثم استند بكفي على المقود وأرفع جسدي ليتوازى مع جسم الدراجة وهكذا، صحيح كانت سقطاتي عنيفة لكن هذا لم يمنعنى يوماً من الاستمرار، أستأجر الدراجة من عبده العجلاتي آخر الشارع بالساعة وألعب بها طيلة النهار، وحتى لايعاقبني أو يمسك بي وينالني منه ماينال الآخرين الذين يتأخرون ربع ساعة أو بالكثير نصف ساعة، كنت أقف على بعد مائة متر تقريباً من دكانه وأنادي بعلو صوتي :

ـ عم محمود ياعجلاتي

يطل من الدكان، أدفع العجلة بكل قوتي نحوه وأطير نحو البيت غير مبال بصراخه وسبابه وتطاير الرذاذ من فمه.

ـ حودة الجن ياعم محمد

ـ يا مرحب، خير

بدأ الضيق يعرف طريقه لصدري، حدقت في وجهه باحثاً عن وسيلة لإيقاظ ذاكرته، بدا لحظتها لعيني مسالماً ناعم البال مسترخي الملامح في سلام، أذكر حتى الآن زمجرته حينما كان يغضب فتنطلق الكلمات منه بأسرع مما يمتلك مثلي أن يستوعبها أو حتى يتابع حروفها، كان ذلك حينما كنا نلعب الكرة أمام البيت

ويطالبنا باللعب بعيداً ونصرخ فيه إننا نلعب أمام بيتنا وبجلس ذات جلسته كاتماً ضيقه  حتى إذا ارتطمت الكرة به أو ضربت وجهه رغماً عنا اندفع مطلقا حروفه العجيبة التي كنا لانفقه منها شيئا، وإن كان الزبد المتطاير من جانبي فمه وتوهج عينيه وصراخه يقولون لنا بأجلى وضوح أنه في أشد الغضب.

وكثيراً ماكانت الكرة تطير خلف سور بيت الشربيني المغلق ولا نستطيع الوصول إليها، كان طيباً وودوداً رغم كل شيء، كنا نتوسل إليه ونرجوه أن يفتح الباب ويأتى لنا بها فيعاند قليلاً ثم مايلبث أن يأخذ منا العهود على الكف عن مضايقته واللعب بعيداً ويقوم ليأتى بها،ويتكرر ماكان.

كان شاباً قوياً وكنا صبية صغاراً؛  خاصة أنا ومحمد حسين الذي جئت من أجله اليوم، سنوات طويلة قضيتها بالخارج قضت على مرحلة ونقلتني إلى مرحلة جديدة تماماً تناسيت فيها آثار ومعالم ماكان، وكثيراً ماتساءلت جاداً من أنا، هل أنا حودة الجن الذي كان أم أنا المهندس محمود المغترب منذ عشرات السنين، وهل أنا محمود الذي كان قبل الاغتراب أم أنا محمود الذي خطفت أيامه الغربة وأبدلته مكانها قلباً يكسوه المشيب؟

تذكرت بعد عودتي محمد حسين والشلة، واشتقت أن أرى واحداً منهم لعلنا نجلس ذات يوم ونستعيد ولو بالكلمات زمناً نتمنى اليوم لو عدنا إليه.

اليوم ركنت عربتي بجوار بيتنا الذي تركناه منذ قديم فقد استطاع أبي أيامها أن يحصل على شقة راقية بعدة جنيهات في الشهر كانت أيامها تشكل عبئًا على ميزانية أي بيت، لكن الترقية الجديدة غطتها، هكذا قال أيامها، وهكذا أتذكر أنا ماقيل .

كنت في شوق وأنا أترك العربية لاستنشاق عبير البيت ومن فيه، أدقق النظرات في الأماكن التي كنا نلعب فيها والتي كنا نقف عندها نتجادل في أي شيء، وطريق البحر الذي كنا نختصره مهرولين نشاكس الرمال والموج ونسبح للصخرة القريبة ونتباري من فينا يمتلك الشجاعة لضرب غطس بعدها فيقفز أحدنا محاذراً من الابتعاد والدوامات التي تسحب والعمق الذي رغم جرأتنا نخشاه ونبتعد عنه، وشباك سعاد بنت عم عبده البقال التي كانت تنظر من نافذتها وتتابع لعبنا دون أن تجروؤ على مشاركتنا خوفاً من أبيها وعدت لعم محمد :

ـ محمد حسين موجود؟

رفع إليّ عينين شاردتين في ملكوت غير الملكوت، ملامحه محايدة وساقه ماتزال على الساق الأخرى وفردة الحذاء تنتظر قدمه الحافية.

انتبهت ليد تربت كتفي برفق، استدرت لأري عم محمد آخر لكنه شاب هذه المرة، اتسعت عيناي لوهلة لاتكاد تحسب بزمن وأنا أنقل بصري بين الاثنين وقد وقر في إدراكي خلال هذه الوهلة أنه قد حدثت معجزة ما واستطاع الإنسان أن يلتقي بنفسه خلال مراحل عمره المختلفة، عم محمد الشيخ هاهو يلتقي بعم محمد الشاب وربما أتى عم محمد الرجل ثم عم محمد الكهل وهكذا. كان الذي أمامي الآن عم محمد نسختين نسخة شابة ونسخة متهالكة.

ـ أنت ابنه

ـ حفيده

ـ أسأل عن ساكن هنا اسمه محمد حسين

ـ لايوجد لدينا ساكن بهذا الاسم

ـ كان منذ سنين يسكن هنا، ربما يعرف جدك مكان سكنه الجديد

أدار نظراته نحوه وهو يقول بثقة :

ـ لم يعد يذكر شيئا

وتركني خارج العمارة ودخل في هدوء مثلما جاء.

# الكرسي

انتشر الخبر في الإدارة فوراً

(رمضان الصاوي ضُبط متلبساً بالسرقة ).

الكل رفض التصديق، قالوا: محال، الرجل شب وشاب على الاستقامة، ربى أولاده عليها، ثم إنه بعد أشهر قليلة سيخرج إلى المعاش، فكيف يلوّث سمعته الآن؟

قال العالمون ببواطن الأمور:

- بل سرق، الأمن ضبطه وهو يخرج من الباب الرئيسي وفي عز النهار.

سأل أحد المتطفلين: وماهي المسروقات؟

قيل: كرسي رئيس مجلس الإدارة!

حينما سُئل الأستاذ حامد رئيس مجلس الإدارة الجديد في هذا قال:
- رمضان لم يشد انتباهي،لا أعرفه، وبالتالي لا أملك الحكم عليه،هو رجل ينظف المكتب في غيابي،يجلس أمام الباب في وجودي، يحضر المشروبات إذا طلبتها،غير هذا لا أعرف عنه شيئاً.

سأله المحقق: هل ترى أن نتغاضى عن فعلته؟

أشاح بيده  في لامبالاة:  أمره متروك لكم

بسؤال الأستاذ صالح الرئيس السابق لمجلس الإدارة أثنى على رمضان، قال إنه طيب القلب، بسيط، لم ير منه طوال عشرته الطويلة معه إلا وجهاً باسماً وعينين راضيتين .

قيل له: وماذا فعلت حينما أتى إليك بالكرسي؟

قال: رددته فوراً

سئل ثانية: ولماذا أخذ الكرسي أصلاً وأتى به إليك؟

أجاب وقد تغير وجهه: اسألوه في هذا.

نظر المحقق إلى رمضان مدققاً، فحصه من أسفل إلى أعلى، يرتدي جلباباً أزرق اللون، يتعثر في مشيته بقامته القصيرة، أسمر اللون، منبسط الأسارير، أشيب شعر اللحية والرأس، تملأ الأخاديد وجهه.

أشار إليه بالجلوس، سأله عن أمره، قال:

-   الأستاذ صالح عزيز عليّ، رجل متواضع وسلوكه طيب معي، تأثرت كثيراً لفراقه، سمعت أنه حزن جداً لأنه ترك الكرسي، صار ضعيفاً، بائساً، طاعناً في السن، هو الذي كان قبل أن يفقد الكرسي سليماً باسم الوجه، عرفت أن سبب هذا هو الكرسي، وأنه بدونه جرى له ماجرى، أخذت الكرسي إليه، هو بحاجة له، رئيس المجلس الجديد يستطيع أن يطلب غيره.

تبسم المحقق، سأله وهو يتابع تعبيرات وجهه:

ـ لكنه رفضه ياعم رمضان

عبست أساريره واندفع قائلاً: وهذا مايحيرني!

# المهمة

كان مأمور السجن يجلس إلى مكتبه، بابه مفتوح على غير عادته في هذا الوقت من الليل، رأى السجين خالدًا  واقفاً يبتسم كأنما انشقت الأرض عنه أو هبط فجأة من السقف، تتألق عيناه وسط العتمة أمام الباب المفتوح، يقف كما طالما وقف بجسده السارح المستقيم مرفوع الرأس يبادله النظر في ثبات وبلا خوف، أصابته رعدة، تجرع الصدمة قطرات بطعم الحنظل في حلقه قبل أن ينتفض صارخاً:  كيف وصلت إلى هنا، كيف تجرأت؟

وهرول نحوه وسلاحه في يده قاصداً اعتقاله، فالسجين ليس من حقه ولا في مقدرته عبور الأبواب، خاصة باب مأمور السجن وفي تلك الساعة من الليل، كيف غادر زنزانته وكيف عبر الحرس والأبواب المغلقة، المؤامرة سوف يكتشفها، يعاقب مرتكبيها، المهم الآن اعتقال هذا السجين، تحرك نحوه مهرولاً، تركه الآخر ومضى، مضى خلفه، هرول، جرى، تبعه، جرى، جرى باتجاهه،فجأة توقف وواجهه مسلطاً نظراته الساخرة إليه، تلك النظرات التي يكرهها، هزته المفاجأة، سقط سلاحه واجتاحته رعدة غشيت عينيه لبرهة وقف فيها عاجزاً عن الحراك كانت كفيلة بإخفاء الآخر تماماً، انحنى بعدها يلتقط السّلاح وهو يصرخ طالباً جمع الحرس فوراً.

قطعت الأرجل المهرولة الساحة وهى تتنفس الضيق، الساحة يغطيها تراب أبيض يتصاعد منه الغبار إلى الأنوف ويغطى الأوجه، يجعلها تلعن من أجبرها على الاستيقاظ و خوض بحر الليل للسعي وراء سراب.

وقف نائب المأمور حاملاً ملامحه العابسة وكلماته المترعة بالحنق، أخذ يصرخ طالباً سرعة إيجاد الهارب، رغم أنه موقن أنهم لن يجدوا له أثراً، لأنه يرقد الآن في حفرة تحت الأرض. تاهت عيناه عبر تراكمات الظلمة المحيطة به و هو يتذكر ماجرى لهذا السجين بالأمس، هذا السجين بالذات لم يرأحدٌ دموعه قط، لم يسمع أحدٌ آهاته أو ينصت إلى توسله، مهما فعلوا به لايشكو، لا يفعل مايفعله الآخرون وهم بين يدى الحراس، حتى حينما سلط المأمور عليه أحد كلابه المدربة على التعامل مع المساجين، وهى مرحلة متأخرة من مراحل كسرشوكة المتهمين، حيث يقوم الحرس بتقييد المتهم ويقوم الكلب بفعل مايريد به، لم يقاوم، لكنه لم يعرف الانهيار؛ فقد تماسك، وقام واقفاً، حاملاً ذات البسمة الساخرة في وجه المأمور الذي ازرّق وجهه وازدادت عيناه جحوظاً، ألقى في وجهه بكل مايحمله من عبارات السباب، ظلت النظرة ساخرة والرأس مرفوعاً لايعرف الانحناء، لم يتمالك نفسه، أطلق عليه رصاص مسدسه.

-   لم نجد شيئاً

فض الصوت الزاعق مظاهرة الذكريات في رأس نائب المأمور، انتبه للحارس الذي جاء يعلن فشل المهمة، راقب وجهه الجاد الملامح، الحاد النظرات، راودته الرغبة أن يضحك وهو يرى عينيه تحمل كل هذا الجد رغم أنه يعرف مثل الجميع أن السجين خالد مات.

صرفه بإشارة من يده دون أن ينبس بحرف، استدار ناحية مكتب المأمور لإبلاغه بفشل المهمة، عاد وتوقف، صرخ طالباً جمع الحرس أمامه من جديد .

هب المأمور واقفاً جاحظ العينين، يحمل نظرات مشبعة بذهول معجون بخوف، مغلف بغضب جامح، وهو يرى الحرس يدخلون مكتبه متلفعين بالظلمة، يكحل أعينهم صمت منذر، حاملين فوق رؤوسهم جثة السجين سائرين بها على مهل واللحظات مبهورة الأنفاس، تلاحق خطواتهم حتى وصلوا أمام مكتبه، رفرفت فوق رأسه طيور سوداء ناعقة، صوتها يصم الآذان وهو يستمع إلى نائبه يقول: جئنا بالمطلوب يافندم!

# بيت عثمان

لم أصدق عينّي وأنا أرى باب بيت الدكتور عثمان مفتوحاً، وفي هذا الوقت بالذات، باب عثمان الذي لم يعد يفتح منذ زمان، بعدما كانت أنواره تملأ الحارة وتضفي على ليلها بهجة وحبوراً وتمنح زوارها مباهج لايرونها في غيرها .

سارعت بإلقاء نظراتي نحوه متلهفاً، ضياه النابتة من فيض أنواره الهالة من أعماق مدخله شدتني إليه.

هل عادت لياليه من جديد؟

المكان هو هو من الخارج لم يتغير، مايزال حاملاً عبق ماضيه، رغم لون الحديد الذي تآكل بفعل الزمن والحشائش النابتة هنا وهناك والتي استغلت غلق الباب طويلاً، لكن الوجوه تغيرت، تبدو على البعد وجوه أخرى لم أرها من قبل، لكن هل الحال بالداخل كما كان سابقاً؟

هل أرى الآن بيت عثمان كما كنت أراه وأنا صغير برفقة أبي؟

كان أبي كثيرًا مايحكي عنه، كان يقص عليّ بعضاً مما يدور حوله من حكايات، وكيف أنه كان يغلق طول الوقت ولايفتح إلا حينما يأتي الدكتور في أوائل شهر سبتمبر فيزيل عنه ركام الزمن ويعيد له رونقه وشبابه فيبدو الباب وسط الأنوار التي تزين مدخله حلماً لأهل الحارة يراود كل من يراه على الدخول، والحقيقة أن

الدكتور كان يفتحه للجميع، يرحب بهم ويستضيفهم في حديقته الواسعة ويقدم لهم المشروبات والفواكه ويشعرهم أنه منهم وأنه لايأتي في مثل هذا الوقت من كل عام إلا لكي يكون بينهم، كان متواضعاً إلى درجة أنهم يحسبونه واحداً منهم، وفي ذات الوقت كبيراً إلى درجة أنهم كانوا يلتفون حوله ويأتمرون بأمره حباً وتقديراً له ولما يبديه لهم من ود.

يقول أبي: إنه لم يرد سائلاً يوماً ولم يرفض طلب طالب يوماً وكانت بسمته تسبق حروفه، إلى أن غاب ولم يعد الباب يفتح بعدها طيلة سنين، ولما دار السؤال في الحارة عنه، قيل أنه مات، وقيل أنه هاجر من البلد لأسباب خاصة به، وقيل بل سجنه المرض، ولم يعرف أحد الحقيقة حتى الآن.

تقدمت للأمام خطوة، ارتجف قلبي شوقاً وفي ذات الوقت خشية من شيء لا أدري كنهه، عدت للخلف خطوتين.

الحكايات كلها تبدأ وتنتهى عند لحظة الولوج من الباب، تصف البدايات وروعتها لكنها لا تكاد تأتى على ذكر النهايات، ثم إن الذين دخلوه من قبل قالوا عما رأوه بالداخل الكثير، يكفي أنه كان يجمعهم على الود وينهي الخصومة بينهم والجدال، فيخرجون منه يدًا بيد متكاتفين.

تعلق الشوق بين جنبيّ ووجدتني راغباً كل الرغبة في الولوج فوراً، تدفعني قدماي للتقدم ويروادني قلبي للإسراع، لكني في ذات الوقت يقيد حركتي شعور بهيبة يدفعني دفعاً إلى التريث قليلاً لبحث الأمر.

حدقت في حالة المدخل، في الحديقة بالداخل والوجوه المنتشرة هنا وهناك والسور سامق الارتفاع الذي يحيط بالبيت، لم نكن

نملك له في صغرنا شيئاً،  كان يستعصي دوماً على التسلق، إذا وقعت الكرة التي نلعب بها خلفه؛ فقدنا الأمل في استرجاعها، وإذا تحدث بعضنا عنه لم يخرج الحديث عن تكهنات وتصورات طفولية، وحتى حينما سار بنا الزمن وأدركنا من دنيانا أكثر من ذي قبل ظلت لهذا الباب المغلق مكانته في نفوسنا  و ظل الدكتور عثمان ذاته سراً لايعرفه إلا الكبار. عدت أتقدم خطوة رامياً بطرفي إلى الأمام، الحديقة التي أكلتها الحشائش وذبلت فيها الزهور وتحول لونها الزاهي بفعل الأتربة والغبار إلى لون باهت لاحياة فيه والبيت الذي كان ناصع البياض يوماً وقد تحول بياضه إلى صفرة في بعض الأجزاء وتآكل في أجزاء أخرى مبديا طبقات من سواد الأسمنت تحته، والنوافذ والشرفات التي ذهب عنها الطلاء فبدت كعجوز ثكلى تشكو من الهوان.

أدرت النظر حولي، باحثاً عن وجه ينتبه لي، الكل مشغول بالدوران هنا وهناك، اقتربت من أحدهم سائلاً عن الدكتور عثمان، حدجني بنظرة فياضة بدهشة عارمة،نادى رجلاً كان قريباً منه،  وقال بهدوء  مشيرا إليه:

-    نحن أبناء المرحوم الدكتور عثمان

ثم اتجه بناظريه إلى الآخرين الذين يملئون المكان حولنا قائلاً:

-    أما هؤلاء فسماسرة جاءوا يعاينون البيت.

# لحظة البدء

رآهم قادمين،ارتدّ إلى الخلف مرتعداً، أغلق النافذة ووقف وراء الشيش، من فرجة فيه تجاسر على إطلاق إحدى عينيه إلى الطريق ثانية، مضت نظراته تحبو على الدرب الذي خلا إلا منهم، انتبه لأحدهم يرسل نظراته باتجاهه،ارتدّ عن الشيش فوراً، تخاذلت ساقاه، ارتطم ظهره بالأرض، دقت ساعة الجدار معلنة لحظة المغيب!

قالت امرأته المشغولة بقضم اللحظات مع أظافرها:
- محمود لم يأت بعد

حدق شيب نظراته في ذبول وجهها، نظراتها تشق الهواء ساعية إليه، عاود الحركة إلى النافذة مخاطباً الجدار:
- ربما تأخر في السوق

ونظر من فرجة الشيش،ارتدّ ملتاعاً:
- محمود هناك، يحيطون به، يريدون أن يأخذوه معهم!

هو يعرفهم، القرية كلها تعرفهم، يهبطون مع الغروب، يتوارون خلف الظلمة، يحيطون بالمارة، يصحبونهم رغماً عنهم بعيداً، لايدري إلى أين، يأخذون كل ماتراه أعينهم، لايبقون وراءهم إلا اليباب،يقتلعون حتى الهواء من الصدور، وأهل القرية يقهرهم

الخوف، يقيدهم الصمت، يعتصر عظامهم العجز ولايملكون إلا الانطواء خلف الجدران

هز أنينه الكون:

-   محمو، وود

ومضى نحو الباب،ثقب عين الخوف وهو يطأ اللحظات والسلم والطريق إليهم، ناسياً آلام ظهره وثقل حركته والضباب الذي يغشى عينيه خاصة بعد بدايات الغروب.

حينما وقف إلى جواره عاد الخوف يتفجر شظايا في جسده وشدّه ألم ظهره من جديد

أخذوا يتجمعون، يدورون حول الأب وابنه، يصرخون فرحين بصيدهم الجديد،  بينما طيور سوداء تنعق فوق الرؤوس، جثا الأب على ركبتيه:

-   خذوني واتركوا  ولدي

شدته يد ابنه لأعلى في حزم، حاول الاعتدال، خانته قواه، عادت يد ولده تمتد لتسانده، منعوها من الوصول إليه، وسحبوا الابن إلى الخلف تمهيداً للذهاب به، انتبهوا لصوت امرأة قادم من خلف شيش أحد المنازل المحيطة يأمرهم بترك الابن وأبيه فوراً، ارتفعت الأعين لأعلى منقبة، أشار أحدهم إلى فوهة بندقية مصوبة نحوهم، ارتفعت الضحكات هازلة، غير أنهم ابتلعوا  ضحكاتهم  قصراً وهم يرون  فوهات  أخرى من خلف كل  نافذة، ومن وراء كل  باب مصوبة نحوهم تنتظر لحظة البدء.

# البريء

حين استطاع أن يتحرك؛ جاهد للقيام من مكانه ومضى إلى حيث أقعى تحت شجرة جرداء في صحراء قاحلة لا تمر فيها ولاماء.

عيناه كانتا مغمضتين رغم أنه ـ على مايذكر آخر مرة ـ كان قد فتحهما ورأى وجوهاً بيضاء قمرية السمات تبتسم له، فيها أحداق واسعة، تفيض من ينابيعها المتلألأة أنوار تكاد تبتلع الظلمة بكل مافيها من سواد.

يذكر جيداً أيضاً صلصلة السياط وهي تدوي في الهواء مزمجرة عاتية، قابضة على لهيب الغضب وطلاسم الحقد، مقتحمة غير مستأذنة، وقادرة غير مترددة ولا هيابة، وظهره لايمتلك لها إلا الانحناء وهي تحفر في جسده بخطوط الدماء عبارات لايخطئوها الناظرون.

هل هو حقاً أفلت من بين أيديهم؟

هو يذكر أن عينيه قد جفت ينابيعها ولم يعد يمتلك لها إلا الرثاء، صار الألم عادة لاتوجب الدموع، عيناه أيضاً لم يَعُدا يهابانه إلا أجفاناً ثلجية باردة تتدلى تلقائياً لتمنحهما فرصة الإفلات من الظلمة و الولوج إلى ماخلف هذه اللحظات بكل دقائقها وواقعيتها المريرة أو مرارتها الواقعية، تدلف عيناه وهما في مخبأهما خلف أجفانه إلى عوالم أخرى يرى فيها وجوها غير الوجوه، وجوها ـ

كما يذكر ـ لها سمات بشرية قادرة على الابتسام، و حروفها تفيض بروائح البهجة وتوشيها نمارق السرور، تحييه نظراتها في واد من نعيم به موسيقى ترقص على نغماتها الكائنات من شجر ودواب وطير، وحتى الأرض يراها بخضرتها ووهادها وتلالها تتمايل مع النغمات.

ولايعود إلى عالمه كما كان إلا حينما يلقونه جانباً بعد أن تكل أيديهم ويجف ريقهم من ضربه، لحظتها تحدث النقلة المعتادة من عالم النور إلى الظلمة من جديد، لحظتها يعمل جاهداً لكي يلقي عنه ثقل الأجفان قاصداً الزحف إلى مرقده هناك في ركنه حيث يصبح حالة لا هي حياة ولا هي موت، ولا هي سعادة ولا هي شقاء، ولا هي إنسانية ولاحيوانية حتى، بل هو مزيج لا اسم له يتشكل ويتصور ويبدو وسط الظلمة شيئاً خارجاً عن ناموس الكون كان يطلق عليه في زمن ما (إنسان) مكوم على البرش، يتمدد متسائلاً هل الألم هو هذه النيران التي تشتعل في جسده، أم هو السعير الذي يتأجج في أم رأسه؟

وهل يقدر له أن يرى يوماً حوله بشراً يمتلكون المقدرة على التبسم ولهم أيدي بدلاً من البطش تعرف الاحتضان من جديد؟

إلى أن جاء وقت قريب لايدرى مدى قربه بالضبط، هل هو مايسمونه اليوم، أو هوالغد، وقد يكون البارحة، رآهم يفتحون الباب كما لم يفتحوه من قبل، مريضاً كان، لايستطيع الوثوب للنظر إلى مايفعلون أو ربما فقد القدرة على الاهتمام بهم، أو هي الحمى قد استشرت في جسده فلم تعطه حرية النظر لأبعد من آلامه.

فتحوا باب الزنزانة، رآهم يهيئون الأرض، ارتجفت جفونه قليلاً، يغيرون الفرش، وينظفون الطاقة الصغيرة أعلى الجدار المواجه

للباب لتتمكن الشمس من الولوج كلما مرت بالزنزانة وليجد الهواء فرصة للولوج زائراً غير مقيم إليها. أرادت دقات قلبه أن تهرول إنفعالاً، لم تجد القوة على ذلك فاكتفت بالاضطراب، وبعد أن تم لهم ما أرادوا حملوه ليلقوه بعيداً.

رفع ثقل جفنيه بالكاد أو ربما لم يرفعهما وأتته أصواتهم من خلفها:

-  عفونا عنك

ظل راقداً أمامهم بلا حراك، مغموراً في حمى تنهش جسده مما أوقعهم في دهشة من تصرفاته شديدة الغرابة.

تساءل صمته عن مصير الزنزانة بعده!

سرهم أنه يهمه أمرها، طمأنوه عليها قائلين أن رجلاً آخر سوف يشغلها بعده.

كانت الحيرة في تلك اللحظة قد بلغت أوج اشتعالها في صدره وهو يتساءل أين سيذهب، ولمن. حاول الكلام، أعجزته العبارات، وحينما وجد الحروف بالكاد تساءل مشفقاً:

-  وأنا!

نظروا إليه وإلى الحمى التي تملكت كيانه وإلى عينيه المتواريتين خلف أجفانه وقالوا له:

-  ثبت أنك بريء!

وألقوا به إلى الطريق.

# الإطار

القفز من الحلم ليس هوايتي، لكنني وجدتني لا أمتلك خياراً غيره وأنا أرى المرحومة وفاء تلاحقني وتصر على مواجهتي قائلة إنني لا أستحق ما تكنه لي من مشاعر وماتحفظه لي من ود قديم.

عيناها تحملان لوماً لم أكن ـ في حياتها ـ أستطيع مقاومته، دوماً كنت أقدم الأعتذار راجياً ألا تغضب مني، فهي عيون ذات قدرات خاصة تمتلك طاقة تعبيرية هائلة، إذا ضحكت دفعتك دفعاً للضحك معها، وإذاغضبت فالويل لك من لومها وتقريعها ولو لم ينطق لسانها بحرف.

كانت في لحظات الصفاء بيننا تطلب أن نتفق على الارتباط بعد الموت أيضاً، فتكون زوجتي في الجنة إن شاء الله، وكنت أرحب بهذا، وتأكيداً لهذا الارتباط بعد موتها وجدتني أضع صورها بكل حجرة من الشقة، فهي في حجرة النوم تنظر باسمة العينين ولاتنسى أن تهمس لي قبل إغلاق عيني بتحية المساء، وحينما أفتح عيني صباحاً تبادرني ببسمة يشرق لها يومي كله، وهي أيضاً بالردهة تودعني عند خروجي وتستقبلني عند عودتي، وإذا تأخرت لسبب ما أجد وجهها متغيراً ونظرة اللوم بانتظاري فأحني رأسي وأحاول الإفلات من بريق نظراتها.

كل هذا كان شيئاً عادياً فهي معي ولا أعترف نفسياً برحيلها إلى أن دخلت سعاد حياتي، الحقيقة أن دخول سعاد حياتي لم يكن مرة

واحدة، بل كان مثل الشروق انسل رويداً  فامتلكني ولم يدع لي فرصة للسؤال كيف؟ أو لماذا؟

سعاد زميلة العمل، تعرف ظروف مرضي، تسألني كثيراً كيف أواجه الصمت وبرودة الجدران وحدي، تذكر المرحومة وفاء دوماً بالخير، تحادثني عن زوجها الراحل، عن أيامها بعده.

فكرة الزواج بها لم تخطر لي على بال، وفاء حولي بالشقة تلازمني باليقظة، ولاتتركني أرتاد وادي الأحلام وحدي .

فترة مرضي الأخيرة اضطرتني للانقطاع عن العمل أياماً، علمت سعاد بمرضي من بعض الزملاء، أتت ومعها الطبيب الذي أوصاها برعايتي  فلم تتأخر، صارت تحفظ أوقات الدواء وموعد إعطاء الحقن وتجهز الطعام، وحينما استطعت الوقوف على قدمي؛ سألتني:

- ماذا ستفعل إذا عاودك المرض من جديد؟

قلت لها الحل الذي خطر على بالي لحظتها: أتزوجك.

فتزوجنا.

حينما تحدثنا  أنا وسعاد عن الزواج  أول مرة كان أول ماتبادر إلى ذهني ماذا ستقول وفاء؟

فكرت أن أبوح لسعاد بمخاوفي، لكنني لم أجرؤ على هذا فالتزمت الصمت، قبل دخول سعاد البيت لم أستطع نقل صور وفاء من مكانها، لكنني لم أستطع ترك صورتها في غرفة النوم، قمت بنقلها وأنا أتحاشى النظر في عينيها وظننتني نجحت كثيراً في هذا،

واسترحت أكثر حينما وجهت وجه الإطار للحائط، بعدها بدأت رحلتي الجديدة مع سعاد، كان هذا في اليقظة، لكنني لم أسلم من وفاء في عالم الأحلام، فقد وجدتني كلما ولجت باب الحلم أجدها بانتظاري، مرة تبتسم لي وتحدثني عن عهدنا وتطلب مني ألا أنساه وأنا بطبيعة الحال أسايرها وأقسم لها إنني أحفظ العهد، ومرة أخرى تجابهني بنظراتها اللائمة معاتبة لي على خيانتي لها قائلة :

- الرجال جميعهم هكذا بلا أمان.

ولا أجد ما أقوله أمامها، و أشعر بحرج شديد لارتباطي بغيرها، أحاول أن أحدثها عن برودة الجدران وأغلال المرض وعن ظلال الصمت المترامية حولي ليل نهار وعن أيامي التي أصبح لها لون واحد لايتغير هو لون التعاسة، فلا تسمع لي، هي فقط تنظر بلوم لا يغيب، أهرول مضطرباً هارباً من الحلم هابطاً إلى اليقظة لاهث الأنفاس، تستيقظ سعاد فتسألني عما بي، أتمتم ببعض الكلمات وأعود للنوم محاولاً  ألا أطرق باب الأحلام من جديد.
اليوم هرولت هارباً من الحلم كعادتي إلى اليقظة وقد ظننت أنني هربت منها.
فتحت عيني.
وجدتها أمامي
ازددت اضطراباً ودرت حول نفسي تائهاً بين الحلم واليقظة وهي تملأ المكان حولي، تحادثني وتضحك لي كما لم تفعل من قبل.
لم تكن عيناها تحملان لوماً ولم تكن كما رأيتها في الحلم عاتبة على شيء، تابعتها وهي تتجه إلى الإطار الذي يحمل صورتها وتعيده إلى غرفة النوم من جديد، لم أستطع أن أسألها لماذا؟
بعدها خرجت من باب الحجرة بهدوء فاسترحت وعدت للنوم.
في الصباح لم أصدق ما أرى.
الإطار معلق في حجرة النوم.

# المُطارَد

لا أعرف لماذا أصر على مطاردتي في أزقة الحارة وعبر دروبها.

لم تكن خطواته خفيفة كخطواتي ولم يكن صوت لهاثه عالياً مثل صوت لهاثي.

كان له صوت خطوات ثقيلة تشعر بالأرض تحتها تجأر من الشكوى وتستغيث من الثقل، وكنت أسمع تلك الخطوات رغم المسافة الطويلة نوعاً بيننا فأشعر بفزع خفي لا أعرف لماذا؛ رغم أنني حتى تلك اللحظة لم أعرف لماذا يطاردني ولا ماذا يريد؟

كان الوقت أول المساء وغشاوة من سواد تنسل عبر الأفق مقتربة من الحارة خفيفة و ذات شفافية تسمح للعين بالرؤية؛ مما يعطيك فرصة للسير واتساع الخطوة وأنت ترى ما تحت قدميك، وهذا ما فعلته، فإذا بالخطوات الثقيلة تتسارع دقاتها على الأرض خلفي، المارة من حولي لم يأبهوا لعلامات الذعر المرتسمة على وجهي وربما لم يروها أصلاً، وربما أيضاً لم تلفت انتباههم سرعة خطواتي وصوت لهاثي الذي علا رغماً عني.

توقفت أمام باب مقهى افترشت موائد الطاولة والدومينو المساحة أمامه، وانتشرت لمبات النيون لتحيل الظلام نوراً ساطعاً يقهر الظلمة، ارتميت على أقرب مقعد محاولاً تهدئة نبضاتي المضطربة

وإراحة صدري من هذا اللهاث الذي أرهقني وأنا واثق أن مطاردي لن يجرؤ على الاقتراب مني أمام كل هؤلاء.

اقترب عامل المقهى سائلاً:

- شاي أم قهوة؟

- شاي

شد صينية صغيرة من الألومنيوم ووضعها بجواري وهو يتابع صوت أنفاسي الزاعق بعين الشك، ذهب إلى معلم المقهى الجالس خلف مكتبه الكالح يستلم ماركات الشاي والقهوة ويحاسب الزبائن وهمس له بشيء ما جعله يهب من مكانه متجهاً إلي يسألني عما بي، قصصت عليه ما لدي قائلاً إن أحدهم يطاردني ولا أعرف لماذا، وأنني جلست على المقهى هرباً من مطاردته، وبحثاً عن الراحة بعد إرهاق الهرولة من زقاق إلى آخر ومن درب إلى درب.

نادى المعلم صبيانه بما فيهم الواقف وراء النصبة وطلب منهم البحث عن هذا المطارد وإحضاره فوراً ليرى رأيه فيه، انطلقوا جميعا يدورون حول المكان وعادوا قائلين إنهم لم يروا أحداً.

انتبه الزبائن للأمر وبدأت التعليقات تنتشر وكلها تبدي تعاطفاً معي ومشاركة لي في مشاعري وتأكيدهم على مساعدتي ضد هذا المطارد الجبان الذي عرف أنهم يبحثون عنه فاختفي.

اقترح أحدهم أن يرافقوني حتى باب البيت لحمايتي ورد هذا الشر عني، حاولت الاعتذار على أساس أنني سأستريح قليلاً وأعاود السير؛ زادهم اعتذاري إصراراً على مرافقتي، قام أحدهم مبدياً استعداده لهذا، تبعه آخر فآخر وإذا بي أجد معظم الزبائن حولي،

سرنا وسط الحارة، شد جمعنا أصحاب الحوانيت ودفعت الجلبة والضوضاء التي أحدثناها من في البيوت لفتح النوافذ والشرفات، وكل من يسأل ويعرف الموضوع يؤيد ويعلن استعداده للوقوف بجواري ضد هذا المطارد الجبان الذي أفزعه هذا التجمع فاختفى.

لا أعرف كيف شمت الشرطة الخبر فاذا بهم يدهمون الجمع مطالبين الجميع بالتفرق قائلين إن مسئولية حمايتي تقع على الشرطة؛ وهي وحدها التي عليها إيجاد هذا المطارد والتحقيق معه وحبسه إذا لزم الأمر، واقتادوني معهم إلى المخفر حيث أدليت بأقوالي كاملة أمامهم ولم تكن تلك الأقوال إلا حديثي عن وقع الخطوات الثقيلة وكذلك صوت أنفاسه وزفراته طول الطريق خلفي، بعدها تقرر تعيين حارس لي حتى أصل للبيت.

أوصلني الحارس حتى الباب وعاد إلى المخفر؛ أما أنا فقد صعدت السلم محاولاً استيعاب ما جرى وأستعيد الأحداث وبخاصة تدخل الشرطة وإصرارهم على رد هذا المطارد عني.

قلت لنفسي بصوت عالٍ وأنا أقف أمام المرآة بحجرتي المغلقة الباب: أخيرا تخلصت منه نهائياً

فإذا بي أسمع قهقهة بها نبرة سخرية لم أسترح لها، صرخت مذعوراً:

ـ من أنت؟
تحرك نحوي، كان قادماً من خلفي، خطواته الثقيلة دلتني عليه، أردت ان أصرخ فيه وأنا استدير إليه:
ـ لماذا تطاردني وماذا تريد مني؟
لكنني لم أنطق بحرف، كان وجهه يحمل ملامحي.

# الخروج

في حجرته هناك انزوى جدي وحيداً، رافضاً الجلوس بيننا، أو حتى التحدث إلينا أو إلى أي أحد كان، مكتفياً بصمت دائم يلازمه في دنياه المظلمه وحزنه الذي طال.

كلنا تجرعنا الحزن لكن لساعات قلائل أو بالكثير ليومين ثم نسينا، عدنا إلى اللهو والضحكات و تحولت سيرة عنتر إلى تبادل ذكريات سريعة عنه، وربما نظرة أسى على موته، وتكرار عبارات تذكره بالخير، وبعد هذا لا شيء سوى وعود بجلب عنتر جديد يحل محله، إلا جدي!

حذرتني أمي من الدخول عليه قبل أن يخرج هو ويتحدث إلينا، قالت للمرة العشرين كأنها تخبرني بأمر جديد، إن حزنه عادة حزن جامح؛ يظل معه زمناً لايعلم إلا الله مداه، فهو تظلل سيماه غيوم الحزن وتقيد شفتيه زفرات الضيق ويغلق عليه بابه إلى أن تهدأ نفسه، عندها يبدأ رويداً في فك شرنقة حزنه متظاهراً بالنسيان.

قلت لأمي: لكنه في نهاية الأمر كلب.

حدقت في وجهي بعينين مبحرتين في تيه الشرود ولم تنبس بحرف، تركتها لبعض شأني متناسياً الأمر، لكني عدت بعد فترة أشد عجباً مما يفعله جدي، إذا كان يحزن على موت كلب بهذه الطريقة فماذا سيفعل لو مات أحدنا؟

انتهزت فرصة انشغال أمي في المطبخ واندفعت إلى حجرته، أعرف أنه يحبني، كثيراً ما اصطحبني معه إلى الدكان في العطارين، نسير سوياً وهو يطلب مني ألا أتلكأ في سيري، يتحرك بجواري منتصباً القامة حاملاً السلسلة ذات الحديد المجلفن التي تنتهي بحلقة حول رقبة عنتر، ويده الأخرى ساعدها مثني بزاويه تسعين درجة لتسند يدي وفي ذات الوقت تضبط إيقاع خطواتي لتوافق خطواته، أقول له سائلاً :

- وعصاك ياجدي؟

عصاه تلك يأخذها إذا خرج وعنتر وحدهما، يمسك السلسلة الحديدية بيد والعصا باليد الأخرى يتحسس بها الطريق إلى الدكان مخترقاً الحواري والشوارع الجانبية متجها إليه.

تنفرج شفتاه عن ابتسامة عذبة قائلاً:
- أنت عصاي اليوم

ونمضي، أتساءل وأنا أسير إلى جواره كيف يعرف الطريق بهذه الدقة وكيف يسلم على أصحاب الدكاكين التي نمر عليها وهو لايري، كيف يعرف أنهم موجودون ومنتبهون له وينتظرون سلامه، وأسأله، تعلو ضحكته الرحبة التي تملأ وجهه نوراً وهو يقول:
- امشي ياولد وبطل شقاوة.

ويمضي في طريقه وهو يسرع الخطى حتى يفتح دكانه مبكراً، يمضي وهو يؤكد بصوت رائق لا أثر للغضب فيه إن محمود الصبي الذي يعمل معه يتأخر في الفتح صباحاً، ويقول وابتسامة خفيفة تشرق على سيماه:
- الرزق في البكور يابني

يصمت قليلاً قبل أن يكمل بذات النبرات الرقيقة الحانية إنه ـ يقصد محمود ـمنذ عمل معه وهو يتعبه، يسمع الكلام جيداً ويبدي الطاعة التامة، لكنه لايفعل شيئاً.

تنطلق الضحكة صاخبة على شفتيه معانقة للحروف وهو يكمل إنه يلومه يومياً على تأخره، لكنه لايستغني عنه، بعبارة أخرى هو يستريح له، الولد شعلة من نشاط لاتهدأ، يلبي طلبات الزبائن بعشرة أيدي وليس بيدين فقط، وجدي يجلس أمام الخزينة يحاسب الزبائن، وفي ذات الوقت يقرأ الأصوات فلا يسمع شكوى، ولا تأتيه ملاحظة من هنا أو هناك.

يمسك النقود، يتحسسها بيده فيعرف قيمتها، يعطى الزبون الباقي إذا كان هناك، ولايُخطئ في الحساب قط، يضحك وهو يحكي لي عن الرجل الذي أعطاه ورقة نقدية مزورة ذات يوم، ولما لمسها عرفها فوراً، فنادى محمود طالباً منه أن يترك مافي يده ويأتى إليه فلما اقترب أشار له إلى الرجل وطلب منه أن يمسك به وينادي الشرطة، وأمر عنتر الرابض بجوار ساقه أن ينتبه له ولايدعه يهرب، وحينما تجمع الناس طالبين منه العفو عنه لأنه خدع هو أيضاً وأخذها من بائع آخر قال بحدة زائدة إنه لايريد عقابه، لأنه أعطاه الورقة المزيفة فقط ولكن لأنه استعماه أيضا، وضحك الناس من حوله.

يحكي جدي طوال الطريق حكاياته فلا أشبع من السماع ولاهو تنتهي منه الحكايات، حتى إذا فتحنا الدكان اتجه هادئاً مطمئناً إلى الخزينة وبدأت أنا ترتيب البضاعة لحين ظهور محمود، ولايمنع إذا جاء زبون أن أقوم بالتعامل معه تاركاً لجدي تقدير الثمن .

فتحت باب حجرته ودخلت، كان جالساً على حافة السرير وقدماه على الأرض، وجهه كعادته مرفوع بزاوية إلى أعلى ربما لأنه ينصت إلى وقع الأقدام القادمة أو إلى أشياء أخرى لا أعرفها، بمجرد فتح الباب لاحت على سيماه بشائر بسمة:

-   أهلا ياسمير

لم أحاول سؤاله كيف عرف أنني القادم لثقتي أن لديه حاسة خاصة يستطيع بها معرفه القادم دون حتى أن يسمع صوته، وهو أيضاً إذا سمع صوتاً لاينساه قط مهما غاب عنه، وقد رأيت هذا مراراً في الدكان، فهو يسمع الصوت وينادي صاحبه باسمه، ويرحب به حتى ولو كان (زبون طياري) يأتي مرة ويختفي، أو تتباعد زياراته للدكان.

أقبلت عليه وأنا ألثم وجنتيه محيياً:
-   صباح الخير ياجدي، وحشتني وجئت أشوفك
-   تعال ياولدي

دخلت في الموضوع مباشرة رغم تحذير أمي:
-   هل الحزن انزواء وكدر؟

أدار وجهه ناحية صوتي وصمت قليلاً وهو يهز رأسه هزات خفيفة متفكراً قبل أن يقول :
-   حسب تأثرنا به ياولدي
-   وحزنك ياجدي؟

استند بيده على السرير وهب واقفاً، انتبهت إلى أنه يرتدي ملابس الخروج، قال دون أن يبالي بالرد:
-   هيا بنا

أقبلت أمي على جملته الأخيرة، أعلنت اعتراضها:

- الإفطار أولاً

أدار وجهه ناحية صوتها:
- نفطر في الدكان، الولد محمود دائم التأخير

بدا على وجهها أثر ارتياح لقراره بالخروج، أما هو فقد تناول عصاه المعلقة على المشجب بيد، ومد الأخرى نحوي ساعدها مثني بزاويه تسعين درجة لتسند يدي وفي ذات الوقت تضبط إيقاع خطواتي لتوافق خطواته طوال الطريق.

# الحادثة

والعربة تقودني وسط الطريق رأيتني والظلمة نطوي النهار، ننحسر في ليل يملأ الصدر، متوغلاً في دهاليز القلب، متفرعاً إلى حيث تلافيف العقل ومقل العينين، بينما الدموع حيرى على حواف الجفون، لاتمتلك حق النزول، وفي ذات الوقت لاتستطيع الصمت، ووجه أبي يومض ومضات سريعة بصور مختلفة تخايل خاطري، أحاول الإمساك بها، تحتال للإفلات، فلا أملك إلا تتبع وميضها وأنا أستعيد كلماته، أشعر بجرسها في فراغ صدري له صدى، وصداها يهزني هزاً. تتدافع الخواطر ملتاعة إلى رأسي، الجبل الصلد تصدع، عرفت الرياح كيف تروضه، نقلوه إلى المستشفى فجراً،هكذا أخبرتني أمي في الهاتف، صوتها نبراته الشامخة كعادتها لم تستطع إخفاء جزع لم ألمسه فيها من قبل، خفوته البادي وشى بما هنالك، رنة الحزن التي غلفت عبارتها القصيرة أفصحت أكثر مما أخفت.

ـ أبوك في المستشفى.

يتعملق القلق في أغوار صدري بتساؤل مرتعد، هل يموت ولا أراه؟

عادت صورته تغزو أعماقي، رأيته كما تعودت أن أراه، العمامة البيضاءالعالية التي تناطح السحاب بسموقها، الجبهة المرفوعة كراية تعلن عن شموخ، الصوت الغليظ الذي تهاب سماعه حتى

وهو يبدي رأفته، الجسد الممدود الذي يملأ الروح قبل العين، والشارب الذي يصمد لهبوب الرياح ولا تطويه العواصف.

ثم تخيلته وهو يجثو فجأة بين يدي زمن لايستثني أحداً من سطوته، سمعته يشكو، عيناه الوامضتان بالفتوة يكسوهما شحوب الشيب، وتنهشهما مخالب المرض. زلزل المشهد أعماقي، انتفضت الدموع من سكونها على حواف جفني، أصرت على مغادرة انزوائها فوراً مستغلة ظلمة عابرة تغلف الروح وألماً يمزق القلب، انطلقت من شفتي لاشعورياً كلمة(أبي)،وأعلنت عيني قبولها طائعة فكرة  فتح الطريق للدموع لتنطلق كما تشاء، بينما العربة تمضي، لصوتها نشيج ولحركتها أسى، والطريق من حولي كائنات مغلفة بالسواد، تتحرك رائحة غادية، وسط سكون كوني لايقطعه إلا أنين اللحظات المارة وركام الخوف الذي تكاثف رغماً عني  فوق تلافيف صدرى، وأنا أرى العربة تقصر عن ملاحقة لهفتي، وتتجاذبني فكرة مجنونة أن أتركها وسط الطريق، وأهرول بنفسي مسرعاً إليه .

في تلك اللحظة بالذات رأيت الكون يتزلزل من حولي، في الحقيقة لم أر، ولم أنتبه ولم أسمع، أنا فقط أصبحت شيئاً مجرداً خاضعاً لأفعال لايفهمها ولايعقل منها شيئاً، أفعال تحدث معه أو تحدث له وهو لايمتلك حتى حق الاختيار، يرتطم صدري بمقود العربة أمامي، ارتد مرتطماً بظهر المقعد، منتفضاً في مكاني بقوة، ارتفع على إثرها لأعلى قليلاً قبل أن أرتد ثانية في مكاني مفتت الخلايا والنظرات وأنا متشبث بكل بقايا أعصابي بفرامل العربة، و لا أدري ما الأمر بالضبط.

تحلقت وجوه نبتت من الأنحاء بغتة حولي، تدلت السنة، لوحت أيادي،  وأنا أحاول قدر طاقتي استيعاب مايجري، إلى أن لانت

الحروف فجرت في مجاري الفهم لديَّ،وتجلت ثانية رؤى الذاكرة، وأدركت أنهم يريدون الاطمئنان أنني مازلت حياً، ويتساءلون هل أصبت وماﻣدى إصابتي . فتح أحدهم الباب زائغ العينين، قدم بين يدي اعتذاره على خطئه لأنه صدمني من الخلف، تعهد بتحمل مغبة الأمر كله، أدرت نظراتي  فيما أرى من أعين حولي، غطاها جميعاً وجه أبي،  ولم أنتبه إلا لصوته، رأيته يرقد واهناً، شارد العينين، يهمس بين الفينة والفينة متسائلاً عني، أدرت محرك السيارة، أبى الانصياع لرغبتي، اتجهت فوراً إلى سيارة الرجل الذي صدمني، تحلقت الدهشة مع المتابعين حولي، أزاح الرجل الأجساد وقدم إلي،  حدق في وجهي منتظراً أن ألومه، أزجره أو حتى أقسم أنني لن أتركه قبل إصلاح عربتي، قلت له مُبدداً الحيرة التي غشيت عينيه:

ـ أريد الوصول لأبي، بسرعة

حدق في وجهي وهو يستوعب الحروف على مايبدو حرفاً حرفاً، صرخت فيه منبهاً إنني أسابق الوقت للوصول إليه

فتح الباب سريعاً، دون أن ينبس بحرف جلس إلى جانبي، تحركت السيارة، أمرته أن يطير بها فوق الطريق!

# صديق مسعود

تلك الحجرة هناك وحيدة وباردة على حافة المدينة، عارية كأنما بنيت على عجل، أحجارها تراصت وتلاصقت لتواجه العراء، تؤانسها قضبان قطار ممتدة في إرهاق وتراخ في مدى لامحدود، ومعهما مسعود أبو العينين، الذي لابد من ذكره هنا لأنه يمثل الرأس الثالث من رؤوس المثلث، الحجرة والقضبان ومسعود، الثلاثة كل منهم يعرف الآخر، يأتنس به، ويجد في جواره راحة وسكينة، خاصة في أيام الشتاء، حينما يقفر المكان تماماً، ويضرب الصقيع الأنحاء، ولا يبدو في الأفق إلا ظلمة متراكمة على هيئة غمام ضارب في السواد، وأمطار غاضبة، ورعد حانق.

يقطعهم من حين إلى آخر قطار تغرد صافرته، لتعلن للمدى بشرى اقترابه، فيهب مسعود منتبهاً إلى حيث يحرك التحويلة محدداً له اتجاه المرور، حسب التعليمات التي صار يحفظها كما يحفظ كل شيء حوله في هذا البراح، وهي للحق مكتوبة ومعلقة بمسمار صدئ، يصدم عيني الداخل من الباب مباشرة، ذلك الباب الذي أكلت الرطوبة خشبه، وتركته هيكلاً بالكاد يسد الحلق، ولا يدخله إلا العمال الثلاثة كلٌ حسب ورديته، وفي الأيام الأخيرة كلب صغير لم يجد مأوى من البرودة والهواء اللافح سوى جدران تلك الحجرة، فأوى إليها واثقاً ـ ربما ـ أنه محال أن يقطنها في هذا العراء بشر، اتخذها مسكناً دون أن يبدو هناك فعل ما، أو حتى شبح تذمر من وجوده.

إذ كان يتخذ ركناً إلى جوار مكتب كهل تهرأ جسده وكلح لونه، ولم يعد يحمل من سيماء المكاتب إلا الاسم فقط، فيبتعد الكلب عن مسار الهواء النافذ من الشق الموجود بحلق الباب خلف أحد الأرجل، ويدفن رأسه بين ساقيه، وينام مطمئناً إلى أن أحداً لن يقلق راحته حتى يستيقظ، ومتى استيقظ ولأنه عرف أنه ضيف يمكن لأحدهم طرده بركلة من قدمه فقد التزم الصمت، وبدأ سياسة الملاينة والملاطفة محاولاً فتح قنوات ود بينه وبينهم، وبدأ بمسعود، أخذ يقترب خطوة ليتيح له رؤيته، متفرساً في عينيه جيداً، محاذراً من أي بادرة عنف، فلما رأى إمارات لطف اقترب أكثر، مهنئاً نفسه ببقايا الطعام يلقيها إليه من علٍ.

أما مسعود فقد شعر أن الكلب قد جاء في لحظة حاسمة كاد يتفجر فيها شظايا ودخان وسط الحجرة بلا رقيب، جاء في وقته تماماً ليصرفه عن نفسه، أو يصرف نفسه عنه بشيء جديد يشد عينيه نحوه، يأخذه من أفكاره ومشاعره، يشغله وقتاً إلى أن تهدأ عاصفته قليلاً، وتذهب عنه رياح الضيق التي تباغته من حين إلى حين، حدق فيه برهة من الوقت بعينين شاردتي النظرات، شكله عامة يوحي بأنه من بيئة نظيفة نوعاً، أو هو ـ مثله ـ من عائلة ذات أصول ولسبب ما جاء إلى هذه الحجرة. وأخذت تباشير تقارب تظهر في الأفق، بدأت أولاً عن طريق النظرات المختلسة، ثم المحدقة، ثم المتفاهمة إلى درجة أن الكلب تحرك، واقترب، وأقعى تحت قدمي مسعود، هازاً ذيله بسعادة ورضاء، منتظراً أن يلقي إليه ببقايا الطعام التي عادة يبخل بإلقائها للكلاب الضالة التي تمر بالمكان.

وتطور الأمر أكثر حينما اجتاحت رياح الغضب قلب مسعود كالعادة، وبدأ هطول اللعنات شلالاً من شفتيه، لاعناً الحجرة، والعمل التافه، والحياة الهامدة التي لم يمر بظنونه يوماً في أكثر كوابيسه سواداً أن يعايشها، ورأى الكلب ينظر إليه، لحظتها لا

يعرف مسعود كيف شعر أنه يبدي الألم من أجله، يخفض ذيله بين ساقيه مشاركة له في مشاعره، لحظتها تحول الوضع من مجرد تعايش صامت إلى تقارب مفعم بالحروف والكلمات النابضة بالمشاعر، وعرف مسعود أنه قد ظفر بصديق يستمع إليه بلا مقاطعة، ولا تململ، ولا رفض لما يقول، بل هي آذان مشرعة، وأعين مفتوحة، ووجه يشي بالتعاطف إلى أبعد الحدود، إلى أن حدثت الحادثة التي قلبت الموازين تماماً، وذلك أن مسعود تأخر يوماً عن عمله بسبب المواصلات، كانت ورديته المسائية، تأخر في الطريق بينما ترك زميله الموجود المكان ومضى علي أساس أن مسعود ملتزم ولن يتغيب بحال، أتى الكلب، رأي الغرفة خالية من صديقه، وقف علي الباب ينتظره.

انطلقت صافرة القطار القادم إنذاراً لمسعود لكي يقوم بالتحويل، مسعود غير موجود، أطلق الكلب صوته، اختلط بصوت القطار، برنين الثواني اللاهثة، بجهامة الصمت المهيمن علي الحجرة، اقترب القطار، لم يظهر مسعود، تحرك الكلب، صرخت العجلات الحديدية وهي تطأ القضبان بغضب.

اندفع الكلب نحو التحويلة، قافزاً إلى مستواها بكل ما أوتي من قوة، قابضاً علي ذراعها بأسنانه، وصل مسعود إلى الباب، شاحب الروح واجف القلب كان، أدار التحويلة وجسد الكلب معها، بعدها جلس مكانه متعقباً أنفاسه، باحثاً عن ريقه ليرطب به لسانه، محاولاً السيطرة على لهاثه الذي تردد صداه في أرجاء الغرفة، سائلاً نفسه وهو يحملق في الكلب الواقف أمامه: هل فعلا فعلها؟

حدق في يد التحويله، عاد إلى عيني الكلب، هز الأخير ذيله بحبور، هز مسعود رأسه متيقناً، بعدها صار الزملاء والمارة ينادونه بصديق مسعود.

# همس الرحيل

أمام الباب توقف عن السير، ارتعد، رأى السلم أمامه ولايملك الاتجاه إليه، والباب الذي خرج منه للتو مايزال مفتوحاً خلفه، أضواؤه تمتد لأقصى ماتستطيع لتضم جسده بين ثناياها ورغم هذا لايستطيع الرجوع إليه، تتسارع ضربات قلبه، تصرخ في فضاء صدره، والعرق يفيض، يغمر وجهه وعينيه، تتوه الرؤى عبر تماهي الأشياء من حوله.

يمد يده ليستند على الجدار بجواره، موعد السفر يقترب، لامجال لتأخير الآن، عليه أن يتحرك، الطريق إلى المطار طويل، إذا لم يمض فوراً لن يلحق بالطائرة، مد قدمه للأمام،أبت أن تتحرك، أمه من داخل الشقة ترقب خطواته، تحيط أعينها به، تتابع لفتاته قبل أن يأخذه ظلام السلم إلى المجهول، منذ لحظات قليلة أخذته بين جناحيها، صبت بين جناحيه أدعيتها، أوصته بنفسه خيراً، قالت امض ودع الأمر لصاحب الأمر، حدق في عينيها، تجلس على الأريكة العتيقة وسط الردهة، يدها تسند خدها المتشقق من أثر البكاء.

صرخ صمته الحائر كيف أتركك وحدك؟

تبسمت عيناها وهي تطمئنه، تقول: إنه لاشيء سيتغير، بل العكس سيحدث إذ ستفكر فيه أكثر وتتصل وتطمئن عليه، لن يغيب عنها لأنه سيظل معها.

تحركت قدمه اليمنى خطوة إلى الأمام. ...

من طيات الهواء حوله بزغت صورة أمه، رآها تأتيه عن يمينه، تعملقت أمام عينيه، بدت له وهي على مقعدها وسط الردهة، تسند خدها بيدها الواهنة ذات العروق النافرة، عيناها تحادثان الجدران والصور والفراغ من حولها، تنادي ولداً لايسمع ولايجيب، تركها وحيدة في عمرها هذا، ارتعدت نظراته، هز رأسه هرباً منها، طالعه الهواء من جديد بصورتها وهي على فراش مرضها، همساتها المتقطعة تناديه، ازداد ارتعاده، رأى الموت يطالعه على وجهها وهي وحيدة إلا من سكون موحش وصمت حزين، صرخت نبضاته،أغلق عينيه بقوة.

عادت قدمه اليمنى خطوة إلى الخلف.....

رأى صورة مكان عمله تبزغ لعينيه، تأتيه عن شماله مضببة قليلاً قبل أن تتضح وتسطع وتملأ الكون حوله، الفرصة لاتتكرر مرتين، يسعى إليها الكثيرون وهي كالعروس الرائعة لاتقبل إلا بمن يجتاز من أجلها أقسى الاختبارات، مجرد التفكير في تركها بعد هذا جنون، البقاء هنا بدون عمل موت بطئ، ثم إذا بقي كيف يعين أمه بلا مورد، ماذا سيتبقى له إلا هزيمة الروح، محال أن يتركها .

تحركت قدمه اليسرى خطوة للأمام...

اقترب السلم ناحيته، رأى درجاته تتدارك هابطة إلى أدنى، الظلمة تبدو لعينيه هوة بلا انتهاء.

عادت قدمه اليسرى ثانية للخلف حيث النور مايزال يضمه بحنو.

73

لن يترك أمه وليكن مايكون، شعر بثقل الحقيبة يدعوه للتحرك، فاجأه خاطر جديد، سيأخذ آخرون مكانه في العمل، كلهم يتمنى هذا، تأججت النيران في صدره، رأى عينيه رغماً عنه تنظران للأمام.

انهمرت على أذنيه حروف من حنان قائلة له: مع السلامة يا ابني.

دقت الحروف جدران قلبه، صلصل صوتها في فراغ صدره، أنار ضياها عتمة الكون حوله، استدار قلبه نحوها: ستأتين معي

# اليوم الثالث

حينما أخبروني بنقلي من مكتب الشركة بالقاهرة إلى الإسكندرية لم أشعر بفرح كما توقع البعض، توجست شراً وتمنيت لو تم إلغاء قرار النقل أو كلفوا به أحداً سواي، جلست على مقعدي في مكتب الإدارة مفتوح العينين لكني لا أرى شيئاً فقد سافر ذهني مع ما حدث في آخر زيارة لها.

(خرج الأطفال من البحر جميعاً بعد قليل من غروب الشمس ولم يظهر فريد ابن زميلنا السيد منصور، هبت أمه ملتاعة تبحث عنه، دارت بعينيها وصوتها الصارخ بطول الشط ذهاباً وعودة مرات ولم تصل لشيء، قال الأطفال حينما سألتهم للمرة الألف إنه كان يلعب معهم، يتوالى اندفاع الموج فينقلبون في الماء مع كل موجة تضرب أجسادهم الصغيرة مع مد الموج، وحينما ينحسر يهبون واقفين ماسحين بأيديهم الصغيرة أعينهم، وربما تسابق بعضهم مع الآخرين في الغوص تحت الماء أثناء قدوم الموج، أو تبادلوا بينهم قذف الكرة والهرولة وراءها حيث تسير، الكل كان يلعب، فلم ينتبهوا أين ذهب فريد)

كان ذلك في اليوم الثالث لوصولنا إلى الإسكندرية.

كنا قد أخذنا الإجازة الصيفية التي تقررها شركتنا سنوياً واخترنا الإسكندرية كعادتنا كل عام، لجنة الرحلات بالشركة لها برامج رحلات لمصايف مختلفة مثل مرسى مطروح أو بلطيم أو رأس

البر وغيرها، لكن يبقى للإسكندرية حضورها وخاصة عند الصغار. ميزة هذه الرحلات أنها تجمع الزملاء وأسرهم فلا تشعر بينهم إلا بالألفة.

في يومنا الأول الذي وصلنا في منتصفه تقريباً أخلدنا إلى الراحة على غير رغبة صغارنا، وحينما حل المساء خرجنا لرؤية البراح واستنشاق عبير البحر.

في فجر اليوم الثاني وكما تواعدنا في المساء انطلقنا قبل الفجر بقليل إلى الشط، تراقص النسيم الضحوك كعادته بأرواحنا، وأفسحت الرمال صدرها لأجسادنا شبه العارية ونحن نلعب كباراً وصغاراً الكرة الطائرة أو كرة القدم، بينما البحر يرسم على محياه الممتد إلى حد الأفق وتحت أضواء قمر رائق البسمة هدوءاً يليق به.

كانت النساء قد حددت هذا الوقت بالذات ـ ماقبل الشروق ـ للتمتع بلمسات الماء الحانية بعيداً عن أعين الغرباء، يلقين بأجسادهن بين أحضانه، محتجبات خلف عتمة رقيقة وصمت لايقطعه إلا همس الموج وهو يلقي إلى الشط بأخباره في حنان، يتسابقن فيما بينهن في السباحة علي الرمال أو الوقوع بين يدي الموج القادم علي وجوههن فتتشرب إحداهن الماء أوتستنشقه رغماً عنها وسط الضحكات والتعليقات المرحة من هنا وهناك إلى أن ينسل أول ضوء عبر السماء فاتحاً عيون الكون علي الصباح فيخرجن إلى حيث يرتدين ثياباً جافة ويجلسن تحت الشماسي في هدوء ودعة.

وتبدأ طقوس إعداد الطعام، يجهزن السندوتشات مع إعتلاء الشمس عرش السماء من ناحية الشرق، يخرج الأطفال الذين

ظلوا في أحضان الموج من الماء ترتعش أجسادهم الصغيرة فتتلقاهم المناشف فوراً، ويقضمون الضحكات مع الطعام.

طال الوقت ولم يظهر فريد، تأزم الموقف حينما بدأت أمه في العويل وقد استشعر قلبها خطراً ما يحوم حولها كاشفاً عن أنيابه، قمنا جميعاً بتفتيش الشاطئ ومعنا فرق الإنقاذ التي انتبهت للأمر، طال البحث ولم نصل إلى شيء، اعتقلت النساء أبناءهن جزعات، علت وجوههن علامات خوف وقلق تزايدت بمرور الوقت الذي تحول من الهرولة والركض في الأيام السابقة إلى زحف سقيم ممتلئ بالقلق والضيق.....

حل الليل أخيراً كئيباً مظلماً ولم يظهر فريد.

نصح أحد رجال الإنقاذ أم فريد أن تأتي مع تباشير فجر اليوم الثالث إلى الشاطئ، تنادي ولدها، فإن كان غريقاً سيلبي وتظهر جثته، وإن لم تظهر الجثة فولدها بالتأكيد لم يختطفه البحر .

حان الوقت المعلوم، أخذت العيون جميعاً من خارج الشاطئ ترصد والقلوب ترتجف، أما الشاطئ فقد خلا تماماً إلا من الأم المكلومة، وقفت وحدها والبحر المتجهم وأنين اللحظات تنادي وقلبها ينزف الحروف تباعاً:
-    يافريد

بينما صوت الهدير يشاركها البكاء. لحظات وصرخ صوت من خارج الشاطيء مشيراً إلى موجة قادمة تحمل على صدرها جثة الصغير.

تحولت الإسكندرية بعدها إلى مدينة غادرة، وتحول وجهها من البسمة الفاتنة التي تقابل بها زوارها إلى وجه ممقوت سطرت على جبهته قصة غرق فريد،

لكنني مرغماً عدت إليها، تمت مراسم العودة في جو لا يغيب عنه وجه فريد، جو شعرت معه بنوع من التوجس لا أدري كنهه ولم أدر سبب الربط بين ذكرى حادثة قديمة جرت في البحر بما يمكن أن يجرى لي مستقبلاً على البر.

في اليوم الأول وصلت عند منتصف النهار، قررت الراحة وعدم الخروج من البيت، لكنني في المساء شعرت بالحاجة للمشي قليلاً فتوجهت إلى الشاطئ، تبادلت مع البحر نظرة بغض وعدت إلى البيت.

في اليوم الثاني جلست في مكان عملي راجياً أن يمر اليوم على خير.

في اليوم الثالث جاءني استدعاء للتوجه إلى مكتب المدير المسئول، حلق طائر الشؤم أمام عيني، ها هي الإسكندرية تعلن عن نفسها، ها هي تكشر عن أنيابها، وها أنا ذا أتلقى أول الغيث من فيض عطاياها.

توجهت إليه وأنا أؤنب نفسي لقبولي العمل بها، فتحت الباب محدقاً في شفتيه منتظراً سماع كلماته السوداء، تبسم ماداً يده بالسلام مهنئاً:
- مبروك الترقية.

# صخرة الأنفوشي

قالت أم ثناء:

ـالرجل لايعيبه إلا جيبه، وجابر غني، برميل ممتلئ بالنقود يمشي على الأرض.

رأته ثناء أمامها بجسده المربع وكرشه المتكور وعينيه العميقتين وقد تحول إلى برميل تتساقط من حوافه أوراق بنكنوت ذات رائحة لاتطاق، بنات الحارة رأتهم يتهافتون عليها، يتخاطفونها ويعبئون بها صدورهن مبتهجات وهو يتدحرج مبتعداً وهن يلاحقنه راجيات مودته، هزت رأسها فزعاً:

- أنا عاوزه إنسان وليس برميل
- وتاكلوا حب إن شاء الله؟
- المهم راحة البال

مصمصت الأم شفتيها:

ـياخيبتي فيك يابنت بطني

هرولت إلى سريرها والحروف موجات هادرة تلاحقها، احتمت بوسادتها وألقت نفسها عليها محاولة الهرب من حوار تكرر عشرات المرات دون جدوى، أمها تعرف جيداً علاقتها بحسان، فأسرته تسكن حجرة معهم في نفس الشقة، أبوه عم محمد بائع العرقسوس في الحارة رجل طيب، يحبه الخلق، وأمه حلوة العشرة

قريبة من قلب أمها، وحسان نفسه لاتنكر أمها عليه خلقاً، لكن طلب جابر لها قلب كل الموازين. منذ أن تكلم جابر عليها وأمها تضيق عليها في الخروج  رغم أنه كان هناك اتفاق ضمني بين أمها و أم حسان  على ارتباط الاثنين، فكانت أم حسان  دوماً تناديها:

- ثناء عروسة ابني

وكانت أمها  تثق في حسان، تنظر إليه على أنه زوج ثناء القادم. الاثنان  أيضاً   ثناء وحسان كانا قد تواعدا واطمئنت مشاعرهما للرباط الذي سوف يربطهما معاً، يجلسان سوياً عند قلعة قايتباي بعيداً عن العيون خلف الصخور المتراصة على السور الحجري يتناجيان.

حسان طيب وحنون ولايعيبه أنه يعمل فرد أمن في إحدى العمارات، صحيح هو أكمل تعليمه ولكنه لم يعمل بشهادته حتى الآن، وكلما وجد عملاً يجد راتبه أقل من وظيفة فرد أمن، على الأقل هنا يجد بقشيشاً يدفعه بعض السكان بجوار الراتب الذي يحصل عليه، وهو يدخر كل هذا ليستطيع توفير نفقات الزواج.

أما جابر صاحب محل السمك السمين وصاحب العمارة التي تسكن بها فهو في عمر والدها، ثم أنه ليس عاطفياً بالمرة، نظراته جشعة لكل شيء حتى لجسدها، ينظر إليها بمخالب نظراته، تشعر أنها لاتطيق حتى وجوده معها في نفس المكان فما بالك لو اقترب منها. قتحت عينيها لتواجه الظلمة، وقد استقر رأيها على رفض جابر مهما كانت الضغوط عليها. انقضت أمها عليها منقبضة القسمات وشدتها من يدها بقوة لتعتدل وتواجهها،  رفعت عيني الدهشة إليها، سمعتها تقول بصوت خافت لكنه حاد النبرات:

- لازم تعرفي إننا في أزمة، معاش المرحوم أبوكِ لايكفي، إخوتك ذنبهم في رقبتك.

وتركتها وراحت لباب الغرفة المفتوح على الصالة الواسعة وأخذت تبكي، كانت الشقة أربع غرف تسكن في كل غرفة أسرة غريبة عن الأخرى وتجمعهم العِشرة منذ سنين، وثناء تعرف أن بكاء أمها أمام الباب سيحول الموضوع من شخصي إلى عام.

سوف يصبح حديث الجميع، وبعدها ينتشر من الشقة إلى الحارة، فكرت للحظة أن تعلن موافقتها لتجنب نفسها فضيحة لاتريدها بأي حال، رأت حسان بجوارها على الصخرة يحدثها عن حلمه الكبير بالزواج ورأت أملها وحلمها هي أيضا نوارس بيضاء  ترفرف أمامها حرة طليقة مغردةعلى سطح البحر، عادت وقررت مواجهة مكر أمها بمكر مقابل، ارتدت فستان الخروج وأرادت الانطلاق للطريق قاصدة أن تكف أمها عن محاولة التأثير عليها بهذه الطريقة التي تجيد استخدامها.

خرجت ثناء من الحجرة، اصطدمت نظراتها بعيني أم حسان التي وقفت أمامها منكسة العيون تهمس في تسليم:

- لاتغضبي أمك ياثناء

ارتفع نشيج أمها، ابتعدت صورة حسان، غاب هدير الموج وسكنت الريح  ولم يعد هناك إلا بحر وحشي الملامح يفتح فاه لابتلاعها، خرجت الجارات تسألها عما بها، انفتح باب آخر فآخر، اتجهت إلى  ركن الحجرة في صمت محنية النظرات، شاعرة أنها تغوص بلا حول ودون أن تمتلك المقدرة حتى على الصراخ، وقبل أن يطبق  الماء عليها تماما انتبهت للنوارس تندفع إليها، ترفعها بينها، تطير معها في الجو المفتوح بعيداً عن الحجرة الضيقة، هنا البراح يمنح روحها راحة ونفسها صفاء، واجهت الظلمة ببسمة بيضاء.

# مساحة للسمو

شيء ما في نفسي جعلني أعود إليه متأملاً ملامحه من أول جبهته العريضة المحفورة بالتجعيدات علي صفحتها، ماراً بعينيه والحدة التي تطل من أغوار أحداقهما لتعلن ماسكت لسانه عن البوح به، ومنتهياً إلى الذقن المدببة، والفم الذي غاب نصفه الأعلي تحت كثافة شاربه، ومع هذا يبدو غاضباً، لأول مرة أري فماً يغضب بهذه الطريقة، فكرت أن أسأله:

-     لماذا هذه الخصومة يامصطفى التي لن تؤدي إلى شيء؟

لكني تراجعت، مجرد حديثي إليه سيعتبره ضعفاً مني.

أدرت عيني عنه إلى الناحية الأخري حيث المرآة المعلقة خلف باب مكتب الحاج، اصطدمت بوجه عابس يطل من ثنايا الزجاج، فزعت علي صوت مرح يهتف: هل أعجبك الشيطان ؟

قلت ذاهلاً : أي شيطان ؟

وأنا مازلت محملقاً في المرآة أتعجب لهذه النظرات المطلة من عيني، ومنصتاً في الوقت ذاته إلى صوت الحاج وهو يحييني باسماً:

-     الشيطان المطل من المرآة .

استدرت بعيداً أحمل خجلاً شد القلب في طياته كأنما ضبطني أفعل أمراً مشيناً، ولزمت الصمت. تركني إلى الشيشة أمامه يسوي جمرها بماشة صغيرة في يده شد أنفاساً هادئة متروية ثم أبعد المبسم عن فمه مطلقاً سيلاً رمادي اللون من بين شفتيه، افترش الدخان الفضاء حوله راسماً هالة أحاطت به، ثم انطلقت إلى أعلي متمايلة يدفع بعضها بعضًا، أشار إلى مصطفي بالذهاب وقبل أن يعيد دس المبسم بين شفتيه ثانية قال لي:

- حاول ألا تخسر إنساناً .

قلت باصرار: إلا هذا!

تحول الهدوء في ثنايا وجهه إلى تقطيبة غطت الجبين، تلوت سحابة الدخان راكضة إلى أعلي، قال بملل:

- لن تتعلم أبداً .

وأشاح بيده مديراً وجهه عني، مضيت من أمامه أحمل بين جوانحي صمتاً أشبه بأنين.

أرسل الحاج في طلبي، تحركت في اتجاه مكتبه متثاقلاً، فتحت باب المكتب ووقفت في مدخله أنتظر أن يأمر بما يريد، اندست نظراتي في الشقوق الممتدة بين مربعات البلاط رفضاً لملاقاة عينيه، رغم أنني أعمل لديه بالمصنع منذ سنوات وأرتاح إليه وأراه مثالاً لصاحب العمل كما يجب أن يكون، إلا أنني بعد موقفه الأخير معي وقوله: إنني لن أتعلم، لن أعود لسابق عهدي معه، له مني العمل ولا شيء أكثر، لكن ماذا يريد الآن؟

رفعت وجهي بنظرة خاطفة إليه، ضايقني أن أرى علي وجهه مسحة من حنو تبزغ من بين أحداقه وبشاشة ينبض بها تعبير وجهه، كان يرقب نظراتي كأنما يعرف ما أفكر فيه، تتابعت في رأسي تهاويم أفكار صاخبة لا يهدأ لها ضجيج، تمنيت أن ينشق صدري ليبرز مافيه وانتهي من ثورة الألم  هذه وأقول ما لدي: (لايجب ولا يصح أن تجبرني علي العمل مع مصطفي وتساويني به وأنت تعلم جيداً أنني الأقدم والأكثر خبرة بالعمل)

-    هذه لك.

ارتعدت نظراتي وأنا أرى بين يديه برقية، قرأت اسمي علي الغلاف، تطلعت إليه في صمت مذعور، مددت يدي وأنا أحدس ماتحمله من نبأ، فضضتها ..(والدتك مريضة، احضر فوراً)

هويت علي المقعد في رعب، مؤكد ماتت، مضت الكلمات تنسل من بين شفتي ممطوطة مستطيلة الأبعاد، تحركت من مكاني أريد الذهاب، امتدت يد رقيقة إلى كتفي تربت عليه:

-    سأذهب معك

رأيت عينين تحملان وداً، بلا إرادة اتجهت عيناي للحاج الجالس يشد أنفاس شيشته هادئاً، يرقب الموقف في صمت، لاأعرف لماذا شدني زخم الدخان وهو يتطاير من حوله، رأيته تتماوج تهاويمه في جو المكتب، تتمدد بلا انتهاء، تحيط الأعين، تصنع عالماً من ضباب تضيع في تلافيفه الحدود والأبعاد.

قال مصطفي:

-    اعتبرني إجازة اليوم ياحاج

وسط ضبابية اللحظة وصلتني عبارته، رأيت حروفها تنفض الدخان، تمنح الصفاء مساحة للسمو، للارتقاء، شعرت بفيض من شعور جارف يأخذني معه، شعور لا أعرف إن كان رفضاً أو قبولاً، إنكاراً أو شكراً أو كلاهما معاً.

انتبهت إلى أنني سادر في دس نظراتي بين الشقوق المحفورة بين مربعات البلاط وأنني أغوص فيه، اتأرجح علي حوافه وأبحث عن مخرج، في الوقت ذاته مد مصطفي يده يشدني إلى باب الخروج، شعرت أنني أطفو وأسبح، أرفع رأسي لاستنشاق الهواء من جديد، استدرت ناحية الباب، اصطدمت عيناي بالزجاج الذي يعكس تلألؤ الضوء، رأيت عيني الحاج المتربصتين، تبسمت المرآة رغم الموقف الحرج، قال عبر المرآة:

- هل تريد مصطفي معك ؟

قبل أن أنطق أجاب مصطفي عني:

- حتي لو رفض لن أتركه .

لحظتها، لحظتها بالذات تلاشى من الصدر ماكان فيه من إنكار له، نسيت كل شيء إلا موقفه هذا، وجدتني أمد يدي إليه في صمت ليلتقي الكفان في عناق.

# شهقة

لم تقل سماح كلمة واحدة، اكتفت بشهقة وضعت على أثرها يدها على فمها الذي أغلقته بالكاد تاركة لعينيها الاتساع كيفما شاءت لتصوير المشهد الذي لم تحلم في أشد كوابيسها أن تراه.

انتظرت أن ينتفض سعيد زوجها من مكانه، يهتز لاكتشافها أمره، يفزع، أو يتحرك من رقدته ويحاول أن يسترضيها، أو حتى يقسم لها كذباً أن مارأته لم يكن حقيقة، وأن ما استوعبته مجرد ظن لا أساس له، لكنه لم يفعل شيئاً من هذا، تجمد الموقف عليها وهي تكتم صرخة مجنونة تصر على الانطلاق وفي ذات الوقت تحدق مصلوبة النظرات في ذات المكان الذي كانت تعتبره قدسها وحدها بلاشريك في محراب الحب وفي ذات الوقت ثبت المشهد على سعيد وهو مكانه آمناً مطمئناً، غارقاً في الإثم مع إحداهن بلا أدنى إحساس بها أو بوجودها أمامه أصلاً.

المكان كما هو لم يتغير، رأت فيه سماح رائحتها وهي تملأ الأركان،وبقايا ثيابها وهي تفترش المقعد الصغير أمام المرآة، وعلى الجدار المقابل تواجه صورة زفافها الداخل من الباب وهي تقف إلى جوار سعيد والفرحة دثارها، وهناك الشرفة التي طالما جلسا إليها مساءً يحتسيان شاي السهرة ويتهامسان بأرق كلمات الحب .

كثيراً ماسألته كيف يتهامسان بكلمات الحب والغرام رغم أنهما تزوجا منذ شهور طويلة فكان يقول جاداً إن الحب يزداد ويتعمق بالزواج مادام صادقاً.

شعرت بسخونة وجهها وارتجاف أطرافها وهي تتساءل كيف وماذا حدث ولماذا يفعل سعيد فعلته هذه وينسي أروع أيام جمعتهما معاً؟

كيف ينظر لغيرها، يحادثها، يسامرها، و..!

انتبهت للصورة تتحرك بعد ثبات، وسعيد يستدير لشريكته بملامح محايدة، يحتضنها من جديد هامساً بأرق الكلمات، نفس الكلمات التي كان يصبها في أذن سماح، شريكته أيضا لم تبد أي شعور طارئ بخوف أوذعر أو حتى ملامح قلق وقبعت راضية بين يديه وهي تهمس له بأرق الكلمات وكأنها لاترى سماح ولاتشعر حتى بوجودها.

انفلتت الصرخة من قلب سماح حاملة معها روحها، صرخة عاتية فاضت من بين أصابعها التي حاولت كتم فمها فهزت الجدران والسكون ودكت الهدوء الذي كان يكسو المكان، وانطلقت الدموع طاغية بسخونة ألمها وهي تشير بيديها الاثنتين إليهما، إلا أنهما لم يشعرا بها أيضاً، لم ينتبها لصراخها ولم يباليا بدموعها واندمجا فيما يصنعان، اندفعت وقد تفجر في صدرها الألم وصبغ نبضها وروحها بصبغته إلى سعيد تضربه في ظهره المكشوف لها، تشده من شعره، تحاول إزاحته عن الأخرى، دون جدوى، لم ينتبه ولم يشعر ولم ير شيئا وظل فيما هو فيه.

انقبضت ملامحها أكثر بينما سخونة أعماقها تزداد ويداها تنقبض وصراخها لايهدأ، ازدادت أعماقها سخونة، تبخرت وصعدت إلى أعلى الجدار من جديد، اعتلت الصورة ذات الشريط الأسود دون أن تفكر أو تنتبه لدموعها التي ماتزال تنهمر كالفيضان.

# المزاد

هب المعلم مرسى من وراء مكتبه في آخر الوكالة منحياً مبسم الشيشة عن فمه، مطلقاً دخان غضبه في اتجاهي: أنت ياولد

بدون أن أنظر إليه عرفت أنه يوجه كلامه لي، سألني عن عتريس، أشرت إلى المقهى ولم أتكلم، عاد صوته يعلو:

ـ لماذا توقفت؟ اشتغل.

أردت أن أشيح بيدي معترضاً غير أنني خفت من سياط لسانه، وضعت ذيل جلبابي في فتحة الصدر، تأكدت من ثباته داخلها وشمرت أكمامي وانقضضت على البضاعة.

كان الجو حاراً وجسدي يعوم في بحيرة من عرق، انحنيت قليلاً رافعاً الشوال الأول، جاهدت معه، صعب، لابد من وجود عتريس ليسنده حتى أثبته على ظهري.

لم أجد بداً من الوقوف أمامه، فردت ذراعي حوله ورفعته لأعلى، تقدمت به متجها إلى عربة النقل الواقفة أمام الوكالة، لاحقني صوت المعلم:

ـ بسرعة ياولد

هرولت قدماي على قدر ما أستطيع، كان المزاد مفتوحاً وسط الوكالة:

ـ ألا أونا، ألا دوا، ألا ترى، الشوال بثلاثين، من قال واحد وتلاتين، من يزود؟

ظهر عتريس قادماً بحركته السلحفائية على البعد، صرخت فيه طالباً أن ينشط قليلاً بدلاً من هذا البرود الذي يعتلي عينيه وقلبه، أشاح بيده لا مبالياً ولم يرد، المزاد هناك على أشده، البضاعة متراصة أمام الأعين، ما إن يرسو العطاء على أحدهم حتى نهرول لنقل البضاعة إلى عربته، لابد أن ننتهي من التحميل وتنظيف المكان قبل أن ينتهى المزاد وإلا ثار المعلم وقام إلينا.

العرق يصنع طبقة رجراجة بين الثياب واللحم، أمسح وجهي بكم جلبابي، أنحني لأرفع الشوال عن الأرض، لم يبق إلا القليل وأنتهي.

ـ بسرعة ياولد أنت وهو.

أنتبه إليه، المبسم في فمه، لايفارقه إلا ريثما يلقى بالسباب، لسانه لسعاته موجعه، ويده يابسة لاتعرف الندى والعطاء، يحاسبنا حساب الملكين، حبة فاكهة في قفص باقية، أخذهم للأولاد؟ أبداً، كله بثمنه .

صرخ عتريس:

ـ ولد ياقناوي، كفاك شرود

قلت:

ـ حاضر

انحنيت لأحمل الشوال الأخير على ظهري، أمسكت به، ظبطته وبدأت السير، سمعت صوت طقطقة قادمة من ورائي، من أسفل الظهر، وألم مبرح يجتاحني، حاولت التماسك، مؤكد هي لحظات وتمر، لكن الألم زاد، مفاصل ظهري تلتهب، السلسلة الظهرية تشتعل النيران في أسفلها.

لم أدر بنفسي إلا وأنا أرتمى على الأرض والشوال فوقى، أحاول أن أعتدل، ألقي بالشوال بعيداً، أقيم ظهري قليلاً، لا أستطيع، تصلب عمودي الفقرى في موضعه دون حراك وهو يصرخ ألماً ويعول شاكياً لطوب الأرض ما به، أصابني الهلع، ليس هذا وقته أبداً.

المزاد على أشده والبضاعة لابد من تحميلها ولايوجد غيري وعتريس معي، لو وقعت فلن ينساها المعلم لي، حاولت الحركة لعل السلسلة تنفك عقدتها قليلاً أو تلين حتى لحين انتهاء المزاد، ازدادت النيران اشتعالاً، من أعمق أعماق قلبي انطلق سيل من دمع لا أعرف كيف، ولامن أين جاء، شعرت به يغطي عيني ويمحو من حدقتيها المزاد ومن فيه ولايترك لى إلا ثورة الألم ومرارة مذاقه الحريف.

ـ ماذا تفعل ياولد؟

المزاد مايزال مفتوحاً وعتريس يهرول صارخاً من أول الوكالة وكلما اقترب ازداد حجمة وتضخمت صورته وغلظ صوته وبدأ يتحول إلى مطارق تدك أذني دكاً.

العرق لزج فوق الجلد، الصراخ يعلو:

ـ ألا دونا، ألا دوا، ألا تري

ألعن هذا الظهر بسلسلته اللعينة التي اختارت أسوأ الأوقات لتعلن تمردها، كأنها تقصد ضياعي، المعلم مرسي يعشق الأذى وقطع الأرزاق، سيلقي بي إلى الطريق، الله يهديك أيها العمود العزيز ترفق بي.

حاولت الحركة معه لعل وعسى، انتفضت حبات الدمع على حواف المآقي.

ـ مالك ياولد؟

تأجج الألم أكثر، أغلقت فمي بكل ما أملك من وهن حتى لايهز صراخي جدران الوكالة، مال عتريس على وجهي بعينين ماؤهما خوف وإشفاق:

ـ مالك ياقناوي؟

لأول مرة أرى على وجهه جمرة اهتمام.

صرخ المعلم: هل هذا وقته؟

ارتفع صوت المزاد: اتنين وستين، ألا أونا، ألادوا، ألا تري، من قال تلاتة وستين.

قالت امرأتي في الصباح لاتنسى طعام العشاء، جرى الولد خلفي عايز حاجه حلوة، ارتطمت قدم المعلم مرسى بصدري، المزاد شغال وأنت تعطلنا

قفز عتريس من مكانه، مددت يدي إليه محاولاً القيام، قال صاحب البيت   هذا الشهر آخر فرصة لك، رفعني عتريس قليلاً لأعلى:

ـآاااااااااااااااه

تصاعدت الصرخة من أعمق أعماق أعماقي، انشق عنها صدري كشلال، سكين يمزق ظهري.

انكمش عتريس وعيناه تفيضان بخوفه وإشفاقه، ألا أونا، ألا دوا، ألاتري.

أخذ المعلم يصرخ: لاوقت لهذا التهريج

الرجل سيطردك ياقناوي، عيناه تطق شرار، مش عارف تجيب لنا شويه فاكهة وأنت بتشتغل في وكاله فواكه؟  نفسي في المانجو يا أبويا.

فتحت عيني على آخرها، فكرت أن أسأل عتريس عن حبة منها أعطيها لولدي، عاودني الألم، صرخت من جديد بكل مافي من وهن اااااااااااااااه

بينما المزاد على أشده  ألا أونا، ألادوا، ألا تري.

# أول الطريق

جلس البوري ينظر أمامه دون أن يتكلم، لم يشر حتى للموضوع الذي يفترض أنني جئت من أجله، سألته بصبر نافذ عما لديه، قال بهدوء قاتل:

- نشرب القهوة أولاً
- يارجل تكلم
- خيراً إن شاء الله

كرهت القهوة وكرهت الجلوس في المقاهي وكرهت اللحظات الحارقة التي عليّ أن انتظره فيها ليشرب قهوته، راودتني نفسي أن أهب من جلستي مغادراً وألا أعطيه الفرصة للتلاعب بأعصابي أكثر من هذا، واضح أنه يماطل لغرض في نفسه، ربما كانت شقيقته قد أملت عليه شروطاً فجاء يبلغني إياها، وربما زجره أبوه لأنه تدخل في الموضوع وكان يجب عليه حينما حادثته أن يقول لي كلم أباها فهو كبيرنا.

ضايقني أنه لاينظر نحوي بل تمتد نظراته بطول الطريق أمامه.

قلت لنفسي : لافائدة من البقاء .

وأنا أهب واقفاً، سألني بنظرات مترعة بالدهشة:
- إلى أين؟
ودون أن ينتظر مني رداً أمرني بالجلوس قائلاً بحميمية:

- اصبر يارجل وماصبرك إلا بالله

قاومت مشاعري وعدت أجلس من جديد، رفع فنجان قهوته ليرتشف آخر قطرة فيه فتألقت نظراته، ماذا في القهوة أعجبه لهذه الدرجة؟

استدار يحدثني عن مهنة الصيد في البحر ومعاشرة الموج وألاعيب الريح التي تمنحه سيماء لاتخفي على ناظرين، حدقت في عينيه، دوماً يتحدث عن مهنته بعشق، يقول عن البحر إنه عشرة عمر، مهما رأى منه لايمكنه يوماً أن يفكر في الافتراق عنه، ضحك فجلجلت ضحكته وهو يقول بصوته الجهوري:

- كلانا أصبح يفهم صاحبه، ثم إنه دائم السخاء ولايبخل أبداً.

حدق في وجهي بألق نظراته متسائلاً:

- هل رأيت عمرك بحراً بخيلاً، هو فقط يحتاج لمن يفهمه ويتعامل معه بحب وليس بخوف،جرب ولن تندم

ولأنني بعيد عن التجربة أو حتى الإقدام على ركوب مركب الصيد والغياب معهم في عمق البحر أياماً وربما أسابيع فقد أخذت استمع دون تعليق قائلاً لنفسي ومؤكدا لها إن عشق العمل مهما كان بسيطاً هو الذي يمنحك الفرصة أن تنجح، أما أن تقوم بعمل لاتحبه فذلك هو الجحيم بعينه.

نظرت إلى ساعتي قلقاً، سائلاً نفسي هل أخطأت بالاتصال به؟

هو شقيقها وهي رغم كل شيء امرأتي ولايمكن أن أفكر في طلاقها أو الاستغناء عنها فلن يربي طفلينا سوانا. هكذا كان تفكيري وكان قراري أيضا، الغضبة التي غضبتها وذهابها لبيت والدها أمر عابر، وعليّ أن استوعب هذا وأن أتفق معها اتفاقا ودياً ونتعاهد

معاً ألا تترك بيتها بعد هذا أبداً مهما حدث، لذلك حادثت البوري أخاها هاتفياً وشرحت له مالدي ورجوته أن يتدخل ليهدئ النفوس لكي تعود شقيقته لبيتها.

البوري أنا أعرفه وأستريح له، منذ رأيته أول مرة وأنا أشعر بميل نحوه، روحانا تتآلفان بصورة كبيرة، أشعر في عينيه بنوع من التفاهم الصامت الذي لايحتاج إلى كلمات، لكن الجلسة هذه المرة طالت وهو يصر على الحديث في كل شيء عدا الأمر الذي جئت من أجله .

أفلتت الحروف رغماً عني: سأذهب الآن

ابتسمت عيناه بود:  والموضوع الذي جئت من أجله؟

قلت وأنا أتجه بناظري إلى آخر الطريق:

أراك مشغولاً

اتسعت ابتسامته وطلب مني أن أترك آخر الطريق وأنظر لأوله، نظرت كما قال، زوجتي على البعد قادمة ومعها طفلاي، أحببت القهوة من جديد.

# اللعبة

-    عاوزين البوري، عاوزين البوري

ارتفعت أصوات الشباب وسط الحفل المقام في الحارة تطلبه بالاسم، فهو النجم الذي لا تحلو الأفراح في الأنفوشي وبحري وربما في الإسكندرية كلها إلا بوجوده، مهارته في اللعب بالمدية وتمثيل الحركات على المسرح المقام تشد القلوب قبل العيون وتمنح الحفل بهجته.

لكن الليلة بالذات كان عازفاً عن هذا، كان قلقاً من هذا الطلب وفي هذا الحفل بالذات، لذلك جلس في آخر الصفوف يتابع المسرح شاعراً أنه ليس في حفل زفاف يفرح فيه الناس  بعض الوقت، لكنه وسط بحر يخشى من تقلب مائه وغدر أمواجه، بحر ماؤه من بشر تتربص أعينهم به، بحر ليس له قرار، وكل الخشية أن يطلبوه ليؤدي على المسرح حركاته التي يسعد بها الجميع، الليلة بالذات يشعر أنه لو وقف على المسرح لن ينجو من الغرق، أعين الجميع من حوله ستغرقه بنظراتها، حروفهم الهامسة ستغرقه بطوفانها، ولن يسلم من تصنع المواساة وإظهار التعاطف معه وهو ما يرفضه.

هو لا يقبل أن يبدو ضعيفاً مهما كان ما به، لا يتحمل نظرة شفقة ولا كلمة رثاء حتى ولو كان على شفا الموت، فما بالك وهو يقف على خشبة المسرح ليحتفل بزفاف خطيبته ـالسابقة ـ على غيره؟

هو لم يحضر برغبته بل تحت ضغط من والدته التي أرادت أن تقول للجميع: إن ابنها يستطيع أن ينسى متى شاء وأنه ليس هو الذي ينهار من أجل امرأة مهما تعلق قلبه بها. وها هو جاء، لكنه يغوص تدريجياً في بحر حيرته، كيف يعتلي المسرح وكيف يقف أمامها ليحتفل بغدرها له؟

اتجهت الأنظار إليه، صفق البعض وأطلق بعض آخر صفيره مرحباً به، وجاء الشباب يدفعونه لاعتلاء المسرح، بدلاً من الصعود شعر بنفسه يغوص أكثر، بحث عن الهواء لينجو، وجد نفسه فجأة أمامها وخطيبها الجديد، ازداد شعوره بالغرق، انتفض باحثاً عن النجاة، صفق الحاضرون بحرارة تحية له.

ارتفعت الأكف بالتصفيق، اشرأبت الأعناق، تلاحقت الأنفاس تتابع الجسد المتمايل على الأنغام السريعة المتلاحقة، كان يمثل بتعبيرات وجهه معنى الحركات وقد التمع الضوء وأخذ يتراقص مع تحركات الأسطح الملساء للمدى في كلتا يديه.

كانت العروس وعريسها يقفان يداً بيدٍ وهما يتابعانه في صمت، وقد تراقصت القلوب داخل الصدور مع إيقاع تحركاته وارتفاع يديه، بينما ارتفعت الزغاريد وتوالت فلاشات كاميرات التصوير، وملأ المكان صوت أحدهم يشدو بأحد الألحان.

ازدادت سرعة الإيقاع فازداد تمايل الجسد وتحركات يديه بالمدى، وتلاعب الضوء المنبعث من اللمبات المختلفة الألوان أمام عينيه، وصارت الوجوه المتعطشة للمشاهدة عيوناً تبرق ونغمات عنيفة متلاحقة لا تمهله لحظة لالتقاط الأنفاس. ارتفعت يده اليمنى لأعلى و اليسرى لأسفل، تمايلت الرأس على الجانبين، انفرجت الساقان، واندفعت مديةٌ للأمام و الضوء

يتلاعب على سطحها، ومض السطح فغشي بعض العيون، اندفعت المدية الأخرى فلحقت بالأولى، تراجعت الأولى، امتدت الثانية، قاربت من صدر العروس، تراجعت إلى الخلف في ذعر، أحاطت بها يدا العريس، والجسد المتمايل مايزال يشد الانتباه، ضحكت العروس وعريسها ومن حولهما لما جرى، اندفعت المدى ثانيةً، اصّفر وجه العروس، تخشّب جسدها، لم تستطع الحركة، مرت المدية الثانية فالأولى من أمام الصدر فالوجه مباشرةً، اكفهر وجه العريس، ازدادت الأكف تصفيقاً وعلت الزغاريد، انتشرت الضحكات أكثر والجسد الراقص ما يزال يتمايل، ويداه تعكسان الضوء فيغشى البرق العيون.

بدأ يتراجع إلى الخلف في حركاته الراقصة، وقد اتجه بنظراته إلى العروس، تلقف نظراتها بعينيه، حاولت الإفلات، لاحقتها نظراته، حادثتها عما جرى له منذ غابت عنه، منذ احتجبت فلم يرها إلا اليوم، هجر الرقص في الأفراح إلى الأبد، لكنه اليوم من أجلها يعود، ولعلها المرة الأولى التي يرقص فيها هكذا بكل ما يملك من أحاسيس، يدور قلبه حولها، القلب يرقص ألماً، تصفق الأكف وترتفع الزغاريد وتبرق العيون في سرور.

خفضت عينها عنه، اضطربت حركة المدى بين يديه.

هرب بعينيه لأعلى، ارتطمت بالأضواء المختلفة الألوان وبالزغاريد التي زعقت في وجهه، عاد بنظراته إلى أسفل، اسمها بجوار اسم عريسها منقوش على النشارة الخشبية الملونة التي زينّت الأرض، لاذ بالوجوه من حوله، مشغولة بما يؤديه من حركات، لم يجد إلا المدى بين يديه، عادت اليمنى ترتفع لأعلى، هبطت اليسرى لأسفل، تسمر وجهه ناظراً للأمام في مواجهة العريس، هبطت اليمنى إلى مستوى صدره، تجاوزته،

انفرد الجسد على الأرض، غطى اسم العريس وصار بجوار اسم العروس.

اعتمد في ارتفاعها على اليد اليسرى،هبطت اليمنى على اسم العروس، مرت حافة المدية على الاسم في عنف،حفرت أخدوداً بحروف الاسم، عاد الجسد يرتفع، امتدت اليدان لأعلى وتقابلت المديتان، اصطدمت الحافة بالأخرى،ابتعدتا، انفرجت الساقان، تحركت المديتان لتتقابلا من وراء الظهر، ثم انفردت الذراعان واعتدلت الساق، اقترب من العروس وهو مفرود الذراعين، نظرت إليه في اعتذار، أدار عينيه رافضاً اعتذارها، ازدادت حدة التصفيق، تلاحمت المدى فوق الرؤوس، تلاعب الضوء على الأسطح اللامعة،غشى البرق العيون، بدأ يرجع إلى الخلف في حركاته الراقصة وعيناه شاردتان بينما قلبه يغادر معه، ظل يتراجع رويداً،ثم ما لبث أن غاص في الظلام.

# خذها

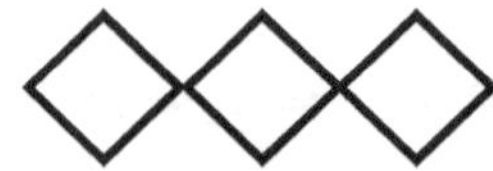

تعرف أنك لن تفلح في مسعاك، رغم هذا تصر على الذهاب، الطريق أمامك طويل، يطول خصيصا اليوم، ربما ليعطيك فرصة ـ لا تغتنمها ـ للتراجع، الشمس أيضاً على غير العادة اليوم تبدو ذات بهاء وألق، نورها ملكي هادئ، هل رأيت أنواراً ملكية هادئة من قبل، أيضاً الوجوه المكفهرة التي تقابلك على الطريق كل صباح وأنت متجه إلى عملك.

اليوم بالذات لاوجود لها، كأنما تبخرت في انتظار حدث ما، أنت ذاتك تحمل شحنة من الشجاعة طارئة لا تعرف من أين أتتك، تقدم إذا والق مصيرك مهما كان هذا المصير، اذهب إليهم، قابل كبيرهم، حدق في عينيه بثبات، حذار أن تهتز، أو أن يشعر بأن جوفك يرتعد ولسانك يتلعثم، أو إنك تبحث عن ريقك فلا تجده، حذار من كل هذا، وقف ثابتاً، قل له بكل كبرياء إنك تريدها، ولأنك تعرفهم وتقدر مكانتهم جئت تأخذها منهم، لحظتها سيكتب لك فصل مجيد في كتاب التاريخ، فصل سيذكر بالفخار إنك تقدمت، قابلت كبيرهم، متحملا كل النتائج الممكنة لهذه المقابلة.

وإنك وقفت أمامه وجها لوجه، ورغم أنها المرة الأولى التي تراه فيها، ورغم أنك أصلاً لم تكن تتخيل أنك ستقف أمامه هكذا إلا أنك في النهاية وقفت، فردت صدرك قدر المستطاع وسحبت بجرأة بعضاً من الهواء دون استئذان، ثم وبمزيد من الجرأة نظرت في عينيه، عيناه سوداوان، لهما بريق ينحدر نحوك مسيطراً، فيهما

تعبير قاس، عليهما سمات غضب جارف، رغم هذا؛ فحذار أن تترك لنفسك العنان لممارسة الذعر، اكبح جماح خوفك وتقدم، انظر في عينيه بقوة، ثابتاً لاتهتز، متماسكاً لا تتلعثم، وقل له بهدوء إنك تريدها هي، لذاتها، سيقول لك من أنت، ومن الذي أعطاك حق المثول بين يديه،وكيف تتجرأ على طلبها منه، لحظتها ستجد نفسك مطالباً ـ أمام نفسك ـ بتبريرما فعلت، وتفسير سبب تمسكك بها لهذا الحد، وحين تبرر وتفسر وتعاود إقناع نفسك بجدوى طلبك لها بهذا الشكل ستشعر أنها كانت وستظل تستحق مافعلت، عندها وأمام الكل ستجدها أمامك، مد يدك واقبض على يدها،لاتبالِ بهم،شدها إليك ثم تحرك، لكن حذار، حاول الحركة سريعًا، إذ ربما لا تجد الوقت الكافي لعبور الباب.

# وجهه الآخر

يمتلك عبد العاطي وجهين لاغير، أحدهما قاتم شديد السواد يحتفظ به في حجرة مكتبه، في خزينة حديدية لايملك شفرة مفتاحها إلا هو، يضعه هناك بجوار أغلى مقتنياته التي لايطّلع عليها أحدٌ مهما كان خاصة زوجته.

أما الوجه الآخر الرائق البياض فهو الذي اعتاد استعماله، يحتفظ به في حجرة نومه بجوار سرير، ليكون تحت يده أنّى شاء، يقابل به الوجوه الأخرى على اختلاف ألوانها، وقد أعجبت زوجته بهذا الوجه أيما إعجاب، وتزوجته على حب جارف من ناحيتها، ضحت من أجله بكل من شكك في مصداقية وجهه، أو ردد عليها ما يقال من أن وجهه  هذا وجه زائف يستخدمه وقت الحاجة فقط.

أما الوجه الأصلي فيخفيه عن الأنظار حتى لاتنفر منه، ونظراً لأنه أقسم لها  إنه لايمتلك إلا هذا الوجه فقد صدقته، لأنها على يقين أنه لايكذب، خاصة معها، فهو الرجل الذي اختارته وتفخر بوجهه أمام أقاربها وصديقاتها، وتحدثهم عن ذلك الوجه بفخر مبعثه ما يمتلكه من مواهب يعجز عن إتيانها الآخرون.

فهو يستطيع التحدث وبطريقة بليغة جداً بحدقتي عينيه، وأيضاً يمتلك مقدرة على الحوار بملامح وجهه لايجاريه فيها أحد، ثم إنه  لديه ذلك اللسان الزلق الذي يتفجر إحساساً ورصانة وهو يتحدث، ممتلكاً ناصية الحروف، ويعرف كيف يسوسها ويوجهها

كيف شاء، وقد ظلت زوجته  تلوك هذه الحروف والكلمات عن زوجها إلى أن صبت إحداهن في أذنيها مصهوراً من الحروف أجج النيران في أذنيها.

إذ حدثتها حديث العارف عن ذلك الوجه المجهول وما يطويه تحت سماته من صفات، وما تحمله عيناه من شرور، ومايسيل من فرجة فمه من أدران، وكيف استطاع أن يخفي هذا الوجه في مخبأ سري لايعرف طريقه إلا هو، لحظتها بدأت الزوجة تستعيد أحداثاً جرت لم تنتبه لمدلولها من قبل، فهناك الباب المغلق لحجرة مكتبه على الدوام، والجلسات الطويلة التي يقضيها داخل هذه الحجرة، وكيف يعود إليها مجهداً زائغ العينين متعللاً  بارهاق العمل.

تتضح الصورة في رأسها الآن وتتطابق الحكاية مع الواقع الذي عاشته، فهو يدخل ذلك الوكر ـ حجرة مكتبه  ـ ليعود إلى وجهه الحقيقى يرى به الكون والحياة والأحياء، يخطط ويدبر،  وحين يجهده الأمر يحاول العودة إلى وجهه المستعار ويبذل الجهد ليتكيف معه، وهذا ما يجعله يبدو مجهداً.

قالت المرأة في إصرار : سأجده

قاصدة ذلك الوجه، ولم تنبس بعدها بحرف. ...

سارت والليل قاصدة تلك المغارة المغلقة على أسراره( حجرة المكتب) مصباح صغير في يدها، والمفاتيح في يدها الآخرى، وعبد العاطي هناك في تيه دنياه نائماً، على محياه بسمة تشي بمقدار مالديه من أحلام يعيش بعضها الآن في منامه، والبعض الآخر يدخره ليقظته، فتحت الباب في رفق،أدارت ضوء المصباح هنا وهناك في حذر، وجهته ناحية المكتب في المواجهة،المقعد خلفه  خزينة الكتب، الصور على الجدران، لم تصل إلى شيء.

بهدوء رفعت الصور، خلف صورة بستان يشقه نهر عذب ماؤه صافي الزرقة، وتملؤه الزهور البيضاء والحمراء، وتعلوه طيور محلقة في سلام في فضاء رائق البياض وجدت الخزينة المطلوبة، فتحتها برفق، صدر أزيز حاد هز ركود الصمت، مدت يدها وهي توجه ضوء المصباح إلى الداخل.

لسع أصابعها ملمس وجه خشن الملامح، صرخت وهي تحاول انتزاع أصابعها منه، صرخ الوجه وهو يتشبث بأصابعها، مزقته وهي ترتعد رعباً واستدارت تريد الفرار، صدمها قدوم عبد العاطي ، وقفت مكانها وقد ازداد جسدها ارتجافاً،أما هو فقد سقط الوجه الاحتياطى عنه محدثاً دوياً نتيجه ارتطامه بالبلاط وتفتته ، نظرت إليه في تيه رعبها وهى لاتكاد تعي الأمر، رجلها بلا وجه بعد أن تمزق واحد وتفتت الآخر، أرادت أن تتكلم،تصرخ، تطلب منه إيضاح الأمر، لم يكن لديه وجه ليقول شيئاً!

# المحتويات


1. النخيلُ لايعرفُ الانحناءَ ................................ 5

2. حكام فرع الشجرة ................................ 7

3. الوصية ................................ 11

4. القصاص من إصبع ................................ 14

5. الجبل ................................ 17

6. الشبيه ................................ 20

7. بداية النهار ................................ 24

8. وكالة المنشاوي ................................ 27

9. أمي ................................ 29

10. نخلة أبي ................................ 32

11. بيت النخيل ................................ 35

12. بيتنا القديم ................................ 37

13. الكرسي ................................ 42

14. المهمة ................................ 44

15. بيت عثمان ................................ 47

16. لحظة البدء ................................ 50

17. البريء ................................ 52

18. الإطار ................................ 55

19. المُطارَد ................................ 58

20. الخروج .................................................... 61

21. الحادثة .................................................... 66

22. صديق مسعود ........................................... 69

23. همس الرحيل ............................................ 72

24. اليوم الثالث ............................................. 75

25. صخرة الأنفوشي ....................................... 79

26. مساحة للسمو .......................................... 82

27. شهقة ..................................................... 86

28. المزاد ..................................................... 88

29. أول الطريق ............................................. 93

30. اللعبة .................................................... 96

31. خذها ..................................................... 100

32. وجهه الآخر ............................................. 102